창밖을 본다

문지 에크리
창밖을 본다

펴낸날 2021년 12월 13일
지은이 신해욱
펴낸이 이광호
주간 이근혜
편집 박선우 최지인 이민희 조은혜 방원경
펴낸곳 ㈜문학과지성사
등록번호 제1993-000098호
주소 04034 서울 마포구 잔다리로7길 18(서교동 377-20)
전화 02) 338-7224
팩스 02) 323-4180(편집) 02) 338-7221(영업)
전자우편 moonji@moonji.com
홈페이지 www.moonji.com

ISBN 978-89-320-3929-9 03810

지은이는 2021년 상반기 〈예버덩문학의집〉 창작공간지원사업을 통해 집필실 지원을 받았습니다.

창밖을 본다

신해욱

문학과지성사

차례

1 空冊 7

2 북쪽 창 25

3 독고숙의 블로그 41

4 남쪽 창 49

5 헬멧을 쓴다 69

6 우먼센스 89

7 북쪽 창 107

8 북행 열차 125

9 밤의 소리 141

10 은미네 153

11 liquid winter 165

작가의 말 187

미주 190

1

空册

책상에는 공책이 한 권 있다. 가로 135, 세로 215, 두께 14밀리미터. 표지와 내지는 모두 깨끗한 백색. 나의 친구 김재옥이 출판사 폐업 기념이라며 건넨 것이다. 문켄지로 만든 거야. 고급 종이지. 제본 풀도 최고급으로 썼어. 재옥은 제본 풀의 품질을 보여주겠다는 듯 앞뒤 표지가 서로 맞닿을 정도로 공책을 활짝 펼쳐 보인 다음 나에게 내밀었다. 대신 잉크는 한 방울도 들어가지 않았지. 책은 이제 굿바이다. 지긋지긋해. 그러고서 이렇게 덧붙였다. 잘 써라. 어떻게 썼는지 나중에 보고해.

어떻게 쓰긴. 뭔가를 적는 데 쓰겠지……라고 생각했지만 실제로 그렇게 되지는 않았다. 과연 종이의 촉감은 좋았다. 펄프의 결이 섬세하게 살아 있어서 자꾸 손끝으로 쓸어보게 되었다. 메모해야 할 계좌 번호나 사무적인 목록 따위를 적는 데 사용하고 싶지는 않았다. 더 좋은 걸 적고 싶었다. 하지만 하루치 일기든 머리에 즉흥적으로 떠오르는 단상이든 손으로 쓰지 않은 지 오래된 터라 적당한 용도가 찾아지지 않았다. 일반적인 공책보다는 책 크기에 가까운 데다 제법 두껍고 괘선이 없어 수첩으로 쓰기에 불편한 점도 있었다. 그러다 보니 만지는 일만 잦았다. 왼손으로 책등을 받치고 오른손 엄지로 페이지를 주르륵 훑었다. 무작위로 한 페이지를 펼쳐 표면을 쓸기도 했다. 생각이 막힐 때. 문장이 막힐 때. 가슴에 얹힌 것이 있을 때. 얹힌 것이 좀처럼 내려가지 않을 때. 창밖을 보며. 창밖의 구름과 나무를 보며. 가는 것 오는 것을 보며.

창밖을 본다.

창밖을 보며 나는 버릇처럼 공책을 만지고 있다. 눈이 온다. 첫눈이다. 어느새 두 계절이 지났구나. 눈발은 가볍고 산만하다. 내린다기보다 공중으로 떠오르는 것에 가까운 움직임.

재옥에게 공책을 받은 건 여름이 끝나갈 무렵이었다. 한 달 동안 소파에 누워만 있었어. 재옥은 수척한 얼굴로 말했다. 아이패드로 넷플릭스를 보다가 창밖을 보다가 그랬지. 눈 밑의 물사마귀가 예전보다 많이 번져 있었다. 우리 집이 지층이잖니. 블라인드는 늘 내려놓지. 그래도 아래쪽 이만큼 틈으로 바깥이 보여. 나뭇잎 그림자가 잔디밭에 얼룩덜룩 떨어져 있고 민들레라든가 시계꽃이라든가 작고 흔한 꽃들이 흔들리는데. 그게 재밌더라. 비가 오는 것도. 우리가 마주 앉은 카페의 창밖으로도 비가 내리고 있었다. 흐름도 넘침도 없이. 동심원도 없이. 저렇게 젖는 아스팔트. 저렇게 바닥에 닿는 비. 뭐랄까. 오즈 영화의 다다미 숏이랄까. 다다미는 아니니까 소파 숏인가. 비가 바닥에 닿는다. 비가 바닥에 닿는다. 비가 바닥에 닿는다. 사물과 사물의 닿음이 접촉의 감각을 놀랍도록 생생하게 환기해서 에로틱하다는 느낌마저 들었고 재옥은 넋을 놓은 채 뭘 또 궁리하고 싶어졌는데. 슬리퍼를 신은 남자의 장딴지가 불쑥 창밖에 나타났어. 장딴지의 푸른 핏줄이 얼기설기 비치고 그중 한 부분은 불룩 튀어나온 것이 마치 거머리가 살을 파고든 것처럼 보이는 거야. 갑자기 정신이 확 깨면서 재옥은 결심을 굳혔다고 했다. 책은 여기까지. 더는 아니야. 그러고서 폐업 기념 마지막 작업물로 만든 것이 공책 백 권이라는 것이었다. 집으로 배달된 백 권을 박스에서 꺼내 탁자 위에 대충 쌓아 보았거든. 그런데 우와, 무슨 설치미술 같더라. 제목은 '깨끗한 단념'. 이런 건 해체하는 과정도 작품의 일부 아니겠냐. 재옥이 너스레를 떨며 공책 한 권을 내밀었을 때 나는 몇 권을 더 달라고 했다. 해체를 도와줄게. 잘 쓸 사람들에게 나눠 주면 되지? 딴에는 장단을 맞춘 거였는데. 왜 괜한 말을 꺼내가지고. 눈발이 굵어지고 있다. 피부과에 다닐 거야. 물사마귀 치료를 받고 점도 빼야지. 그런 다음 재옥은 겨울의 은각사를 보러 교토에 갈 거라고 했다. 공책을 건네고 싶은 트위터 친구가 교토에 머문다고 했다. 은각사에도 지금 눈이 내릴까. 창밖엔 눈이 쌓인다. 눈 위에 눈 그림자가 날린다. 소리는 없다. 흩날리는 음

소거의 풍경. 백색소음에 갇힌 기분이다. 색소에 소리가 흡수된다. 없는 소리가 백색 입자로 응결된다. 백색소음 같은 글을 쓸 수 있다면. 공책을 편다. 몇 페이지일까. 안경을 벗고 눈앞에 가까이 대어본다. 더듬어본다. 종이의 결을 읽어본다. 머릿속으로 눈이 내린다. 머릿속에서 눈이 녹는다.

읽어야 한다. 언제부턴가 나는 이 공책을 읽어야 한다는 생각에 사로잡혀 있다. 노트로서의 공책이 아닌. 책으로서의 빈 책인 듯이. 포화 상태의 백색소음을 해독하겠다는 듯이. 페이지는 희고 매끈하다. 바탕에 적힌 것은 없다. 눈으로 식별되는 글자도 없고 손끝에 만져지는 점자도 없다. 식초나 파라핀으로 적은 비밀 메시지가 담겨 있지도 않다. 그러나 읽어야 한다. 어떻게 읽을 수 있는지 모르지만 아무튼 읽어야 한다. 재옥의 사념이 깃들어서인가. 읽음에 의해 비로소 이 책은 씌어진다. 읽은 자리에 백색의 글자가 드러날 것이다. 읽기는 중단될 수도 반복될 수도 없다. 읽기를 잠시 멈추고 읽음에 의해 드러난 것을 확인하러 앞 페이지로 돌아가는 순간 책은 빈 책이 되어버린다. 돌아보지 마라. 유구한 명령. 그러므로 다만 읽을 수 있을 뿐이다. 나는 무엇을 읽는지 또 읽었는지 알 길이 없다. 읽은 후에야 읽힐 것이 따라온다. 읽기가 읽힐 것으로부터 소외된다. 그런 책이 있다. 空冊이다. 책으로서의 空冊이. 책상 위에 있다.

空冊 옆에는 책이 한 권 있다. 오래전에 나온 문고본이다. 작은 활자들이 빼곡하다. 그만둘까. 북마크는 141페이지에 꽂혀 있다. "그는 모자를 벗어 들고 정중하게 고개를 숙여 보였다." 이 문장에 가로막혀 며칠째 독서가 곤란해진 상태다. 구조는 반듯하고 의미는 선명하다. 모호한 부분은 없다. 그런데 눈으로 읽고, 입술로 읽고, 어절별로 끊어 읽고, 주어를 따라 모자를 벗는 동작과 고개를 숙이는 동작을 취하며 뜻을 거듭 새겨보아도 다음 문장으로 넘어갈 수가 없다. 오래전부터 겪어오던 증상이긴 했는데 空冊 때문인가, 요즘 들어 한층 빈번해지고 벗어나기도 어려워졌다. 며칠 전에는 한 문예지를 훑어보

다가 '어이졌다'라는 오타에 사로잡혔다. '이어졌다'를 잘못 쓴 것이 명백하니 그렇게 알아듣고 넘어가면 그만인데 쩔쩔매는 것이다.

증상은 가스레인지의 밸브에 강박된 상태와 비슷하다. 불을 끄고 밸브를 잠그고 현관문을 나선다. 잠갔다는 것을 분명 기억하는데도 잠근 게 맞는지 의심이 든다. 밸브의 방향을 한 번 더 머릿속에 새겨두지 않으면 종일 초조해하다가 일과를 망치게 될 것 같다. 확인은 한 번으로 성에 차지 않는다. 계단을 내려갔다가 돌아오고, 골목의 모퉁이까지 갔다가 다시 돌아오고, 전철역까지 갔다가 결국 약속을 취소하고 다시 돌아와 밸브 앞에 망연히 선다. 구석구석 살펴보고 만져본다. 밸브의 모양. 밸브의 재질. 밸브에 음각된 글자. 밸브에 연결된 호스. 소켓. 엘보.

밸브와 같은 문장에 묶여 독서는 공회전한다. 이런 답보 상태를 뭐라고 불러야 하는지는 모르겠으나 아무튼 읽고 쓰는 것을 업으로 삼는 사람에게 곤란한 증상인 것만은 틀림없다. 복잡하지도 심오하지도 암시적이지도 않은 문장에 붙잡혀 나는 다음으로 넘어가지 못한다. 사로잡힌 것도 끌리는 것도 파고드는 것도 아니면서 뚫어지게 보고 또 보고 있다. 어떤 손이 강제로 멱살을 잡고 끌어내줘야 하는데. 담배를 태우고 싶다. 연필깎이에 연필을 돌린다. 갓 깎은 연필심의 냄새를 맡으면 흡연의 욕구가 진정된다. 空冊을 편다. 페이지를 훑는다. 절단면의 중간 부분에는 나의 손때가 묻어 있다. 백색소음과 같은 것이. 空冊에는 적혀 있을까. 의미 값이 0으로 수렴되는. 가까스로 시간만을 감당하는. 지속의 실감만을 일깨우는. 편재함으로써 부재하는.

백색소음은 감각의 대상이 아니다. 감각의 조건이다. 소리에 속박되지 않으면서 소리와 함께 살아가기 위한 조건이다. 무소음의 정적 속에서 귀는 긴장한다. 백색소음에 둘러싸일 때라야 비로소 귀는 이완된다. 소리에 대한 신체의 평정은 소리의 없음이 아니라 소음으로부터 온다. 노이즈 캔슬링 이어폰이 선사하는 놀라운 고요도 마찬가지다. 소음은 차단되지 않는다. 소음에 소음이 더해지는 것뿐이다. 이어폰은 외부 소음의 파동을 복사해서 마루와 골을 뒤집은 정반대의 파동을 생성한다. 외부 소음이 내부 소음에 의해 상쇄되며 잔잔한 백색 바탕이 된다. 이어폰을 귀에서 빼면 외부 소음은 파도처럼 밀려들어 살갗에 닿는다. 이어폰을 귀에 꽂으면 미니멀 사운드로서의 고요가 흐른다. 1+1≒0이라는 경이. 모든 0은 근삿값일 것이다. 5-5의 값과 3-5+2의 값이 같은 0일 리 없다. 파스칼은 0-4도 0이라 했다. 그런가 하면 0의 0제곱은 1이고 0의 1제곱과 2제곱은 0이다. 0에 가깝지만 0은 아닌 0들. 무수한 각각의 0이 있다. 0은 0이 될 수 없다. 없음은 없을 수 없다. 없음은 없음을 감각하게 만든다. 無는 원래 舞를 뜻하는 문자였다. 없음을 표현하기 위해서는 춤추는 동작이 필요하다.

한 전시회에서 무반향실anechoic chamber이라는 공간에 들어가본 적이 있다. 외부의 소리는 차단하고 내부의 소리는 울림이 흡수되도록 만들어진 방이었다. 한쪽에서는 녹음기가 돌아가고 있었다. 무엇이 녹음되고 있었을까. 울림이 없는 발걸음. 울림이 없는 속삭임. 울림이 없는 기침. 소리의 없음. 기이한 체험이었다. 그 방에는 없음이 있었다. 없음이 움직였다. 없음이 귓속을 파고들어 고막을 건드렸다. 없음의 물성과 질감이 만져질 듯 선명했다. 그 방에서 나는 관람자가 아니었다. 없음에 의해 응시당하는 객체였다.

모종의 응시에 속수무책이었던 적이 그러고 보니 한 번 더 있다. 라섹 수술을 받은 후였다. 수술 직후 며칠은 넘치는 메마름이랄까 창백한 눈부심이랄까 과노출로 하얗게 찍힌 사진 속에 공감각적으로 갇힌 느낌이었다. 눈물이라기보다 맹물이, 싱거운 맹물이 수시로 눈에서 쏟아졌고. 밝은 눈을 얻기는커녕 안경으로도 교정되지 않는 이 상태에 영영 갇히게 되면 어쩌나 조바심이 나고 불안해지기 시작했는데. 어느 날 아침 창밖을 보니 이상한 함박눈이 슬로모션으로 내리고 있었다. 낱낱의 눈송이가. 낱낱의 결정체가. 낱낱의 육각 무늬가. 황당했다. 다 보였다. 나는 창문 앞에 서 있을 뿐이었는데. 돋보기를 들이대고 확대한 것도 아닌데. 내리는 눈은 내리는 대로. 쌓이는 눈은 쌓이는 대로. 김수영의 그 시가 떠올랐다. "눈은 살아 있다. 떨어진 눈은 살아 있다. 새벽이 지나도록 살아 있다."†

살아 있었다. 내리는 눈만이 아니라 보이는 모든 것이. 먼 것과 가까운 것이 따로 있지 않았다. 먼지가 조용히 움직였다. 바람의 결이 읽혔다. 한참 떨어진 나무의 헝클어진 잔가지들이 가닥가닥 보였고 오피스 건물의 벽돌이 한 장 한 장 구분되었다. 밤늦게까지 불을 밝힌 사무실은 정교한 미니어처 같았다. 분주하게 야근 중인 작은 인형들. 인형들의 셔츠 위에서 어지럽게 도드라지는 넥타이의 패턴들. 내 눈에 끈덕지게 달라붙는 집요한 선명함. 그런데도 완강하게 유지되는 거리감. 투명한 이물감. 벌거벗겨진 기분. 보고 있다기보다는 보임을 겪고 있는 상태. 밝은 눈으로 인하여. 사물들이 나를 샅샅이 살피고 있었다. 속속들이 꿰뚫고 있었다.

창밖을 본다.

망막에 맺힌 또렷하고 선명한 상에 쾌감과 이물감을 함께 느낀 지는 10년이 더 지났다. 더 이상 나는 눈이 좋지 않다. 두 개의 안경을 번갈아가며 쓴다. 창밖은 희끄무레하다. 밤이 오고 있다. 눈의 흰빛에 물든 밤. 백야라고 부를 수 없는 백야. 눈 내리는 밤의 이런 밝기를 따로 부르는 말이 있으면 좋을 텐데. 고요한 밤. 거룩한 밤. 풍경에 덧입힐 사운드가 있어도 좋을 것이다. 창가는 춥다. 이중창인데도 외풍이 든다. 내가 쓰는 무릎 덮개는 4년 전 Y가 손으로 떠 준 것이다. 굵은 털실로 겉뜨기만 반복한 것이라 위아래로 신축성이 좋고 꼬불꼬불한 라면 모양의 무늬가 줄줄이 이어진다. 한 손으로는 무릎 덮개의 연속무늬, 한 손으로는 空冊의 모서리를 만지작거리는 밤. 추운 밤. 空冊은 책상에 한 권, 서랍에 세 권이 더 있다. 잘 쓸 사람들에게 나눠 주겠다며 재옥에게 더 받아 왔지만 나는 아직 아무에게도 나눠 주지 못했다.

Y는 아이를 잃고 나서 상담 선생의 권유로 뜨개질을 시작했다고 했다. 손바닥만 한 아이 사진이 거실 벽 전체

를 덮고 있는 것 같아서. 숨을 쉴 수가 없어서. 아이 사진을 서랍에 넣어두어야 했고 사진을 뗀 빈 벽을 바라보는 하루하루는 끝나지 않을 것처럼 길었는데. 실과 바늘을 손에 잡고서야 시간이 가더라고 했다. 넋 놓고 겉뜨기 안뜨기 같은 것을 반복하다 보면 어느새 저녁. 해가 지면 시간은 눈에 보이는 형태가 되어 이만큼씩 무릎에 놓여 있었고 그건 좀 놀라웠어요. 둘둘 말려 있는 동그란 털실 뭉치였을 따름인데. 시간이 가면 목도리도 되고 방석도 되고 이렇게 커다란 사각형도 된다는 것이. 뜨개질을 이어가면서 Y는 아이의 사진을 다시 꺼내 벽에 걸 수 있게 되었다고 했다. 없음의 무게에 짓눌리지 않고. 없는 아이와. 없는 아이의 있음과 함께 지내는 것을 어렵게 익혀가는 중이었을 것이다.

Y가 건넨 커다란 직사각형의 편물은 딱히 용도가 정해져 있지 않아 처음엔 카디건 대용으로 어깨에 걸치는 데 쓰다가 얼마 후 무릎 위에 자리를 잡았다. 무릎에 어울린다. 무릎을 감싸는 데 좋다 이것은. Y는 이제 스웨터도 뜨고 장갑도 뜨고 복잡한 패턴도 넣을 수 있게 되었지

만 내 무릎에 얹힌 것은 그의 초기작이다. 기본 뜨기만으로 단순하고 성실한 무늬를 이루고 있다. 애도의 텍스트. 텍스트는 원래 편직물을 뜻한다. 시간을 짜서 만든다. 짜임새는 시간의 결이기도 하다. 질감이 만져진다.

모든 텍스트의 원천은 결국 시간을 감각의 형식으로 붙잡아보려는 안간힘이 아닐까. 줄줄이 길어지는 문장으로. 짧게 끊어치는 문장으로. 문장이 되지 못한 파편으로 파편과 파편 사이의 공백으로. 단어와 단어 사이의 간격으로. 헐겁게. 또는 촘촘하게. 느리거나 빠를 수는 있지만 건너뛸 수는 없는 것. 코를 잡고. 바늘에 실을 감고. 실에 실을 엮으며. 삶에는 구두점이 없으나 문장에는 구두점이 필요하고 뜨개질을 하려면 코를 만들어야 한다.

시몬 베유의 문장을 꺼내본다. "시간은 존재하지 않는다. 그럼에도 우리는 시간에 종속된다. 이것이 바로 우리의 존재 조건이다. 우리는 존재하지 않는 것에 종속된다."‡ 『중력과 은총』은 1년째 책상 위에 놓여 있다. 일용의 양식처럼 야금야금 읽는다. 이 책을 더 일찍 만났으면 좋았을 것이다. 이런 생각이 드는 지금 만나서 가장 좋은 것도 같고.

창밖을 본다.

그저 읽는 시간을 체험한다는 것. 시계의 숫자판으로 환원되지 않고 해와 달의 주기로 잴 수 없는 시간이. 읽는 시간이. 나의 몸을 통과한다는 것. 그쳤던 눈이. 내린다는 것. 다시 내리고 있다는 것. 空冊을 책꽂이에 꽂는다. 空冊의 완독은 오늘도 실패로 돌아간다. 라디오 전원을 켠다. 93.1메가헤르츠. 잡음이 섞인 비발디다. 방에서는 라디오 주파수가 깨끗하게 잡히지 않는다. 안테나를 쥔다. 안테나를 쥐고 있으면 잡음이 사라지고 손에서 놓으면 다시 잡음이 섞인다. 쥘 때마다 전기가 나의 몸을 통과한다. 내 몸에 흐르는 전류가 소리로 나타난다. 비발디의 소리는 찬 공기에서 싱싱하게 크는 식물들을 닮았다. 아다지오는 가령 창턱에 올려둔 스노드롭. 플라스틱 포트에 심은 다섯 개의 구근은 모두 싹이 텄고 하나는 꽃이 피었다. 키는 집게손가락 두 마디 정도다. 꽃자루의 얇은 막에서 빠져나온 희고 작은 꽃은 목이 깊게 꺾여 있다. 눈이 내린다. 내리는 눈을 닮은 꽃이. 내리는 눈을 맞고 있다.

창문을 연다.

겨울의 냄새가 난다. 겨울의 소리가 난다. 나뭇가지에 쌓였던 눈이 후드득 떨어진다.

2 북쪽 창

창밖을 본다. 불티가 날린다.

창밖은 저지대다. 종이로 지은 집들이 조용히 타고 있다. 처마 끝이 뒤틀린다. 지붕이 껍질처럼 벗겨진다. 마을은 재가 되어가고 있다. 땅은 지도에 가까워지고 있다. 지도의 집에는 아무도 없고 지도만 불타오른다는 생각이 스친다. 이제 여기는 지도에도 없는 세계. 안심이다. 메아리만 남은 고립무원이다. 그러나 바람은 분다. 여기에도 바람은 분다. 계절풍의 계절이 흐른다. 뒷문이 열린다. 저지대의 피난민들이 우르르 몰려 들어와 일사불란하게 자리를 잡는다. 다들 우리 반 학생이다. 식은땀이 난다. 수업 준비를 하지 않았는데 피난민들 때문에 개강이 닥친 것이다. 나는 무작정 출석부를 편다. 출석이라도 부르며 시간을 끌어야 하는데. 이름들은 하나같이 무색투명하다. 페이지는 온통 하얗고 머릿속도 하얗고 읽을 수 있는 이름은 없다. 쐐기문자로 씌어졌구나. 나는 교실을 둘러본다. 한 학생과 눈이 마주친다. 이름을 말해보렴. 그러자 학생은 묘하게 웃는다. 나는 그의 입 모양을 읽는다. 이름을 알아내는 건 방 선생의 몫이죠. 내가 방 선생이라고? 얼굴이 달아오른다. 방 선생은 중학교 때 나의 담임이었는데. 창피하다. 창피해서 참을 수가 없다. 출석부에서 그의 이름을 지워야겠다고 결심하지만 결심은 역효과가 된다. 그를 지목해야 할 일이 자꾸만 생기고 이름을 부를 수 없어서 나는 매번 *흠칫*한다. *흠칫*할 때마다 태엽이 감긴다. 교실의 태엽인 것도 같고 그의 태엽인 것도 같다. 태엽이 감기면 그는 손을 든다. 질문이 있습니다 방 선생. 방 선생이 *흠칫*하면 태엽이 다시 감긴다. 그는 또 손을 든다. 질문이 있습니다 방 선생. 악랄한 새끼. 나는 굴욕감에 중독되고 있다. 이 수업이 *귀*발음 개론이라는 걸 깨닫게 된다. *귀발음*을 알아야 그를 쫓아낼 수 있다. 그를 쫓아낼 수 없다면 방 선생의 등을 창밖으로 떠미는 수밖에 없다. 방 선생은 창밖을 본다. 괜찮다. 무섭지 않다. 카운트에 든다. 관자놀이에서 손가락이 돈는다. 눈을 뜬다.

창밖을 본다.

녹다 만 눈이 얹힌 파란 지붕. 갈색 지붕. 초록색 옥상. 겨울이 되어야 드러나는 창밖의 풍경. 여름에는 창문 앞 바위 벽에 뿌리 내린 나무들의 잎이 우거져 아랫동네가 보이지 않는다. 가을이 깊어지고 나무들이 줄기와 가지의 선을 뚜렷이 드러낼 즈음에야 바위 벽 너머의 아랫동네는 시야에 들어온다. 맞다. 저 동네다. 저 동네의 집들은 종이로 지어지지 않았고 불이 옮겨붙어 재가 되어가고 있지도 않지만. 꿈속의 저지대에 스민 것이 맞다. 시로 쓰고 싶다는 생각이 잠시 든다. 그러자면 각색을 거쳐야 할 것이다. 꿈을 통째로 옮기는 건 무리다. 나는 삼중으로 눈을 떴다. 첫번째 눈을 뜨자 양쪽 관자놀이에서 손가락이 돌아 번개처럼 빠르게 *귀발음* 개론 시간을 옮겨 적었는데. 두번째 눈을 뜨자 옮겨 적은 것들은 온데간데 없고 *흠칫*. 감긴 태엽과 함께 *흠칫*하는 느낌만이 흐릿하게 남아 있었다. 날아갔구나. 허망해지려는 순간 다시 감긴 눈 속에 미약한 스파크가 튀었다. 불티가 날렸지. 집들이 떠다녔다. 찢어진 종이가 되어. 흩날리는 재가 되어. 이런 집을 어떻게 알아보겠어. 그러나 알아볼 수 있다. 붙잡을 수 있다. 종이를 찢었지. 출석부였을 것이다. 나는 출석부였던 空册의 페이지를 한 장 한 장 책등에서 떼어냈고. 바닥에 펼쳐놓았고. 바닥을 덮은 종이들. 흰 종이들. 이것은 펼친 모자이크. 접힌 모자이크를 만들자. 종이로 집을 접었다. 비행기를 접는 것처럼 쉬웠다. 저지대의 집들. 흰 집들. 집들은 깨어나 조용히 타들어가고. 불티가 날렸지. 불티와 함께 꿈이 되살아났다.

창밖을 본다.

창문 가까이엔 나무 한 그루가 있다. 잔가지는 별로 없고 키만 싱겁게 큰 나무다. 가지 끝에 시선을 고정한다.

배꼽에 힘을 주고 깊은숨을 채워 가슴을 부풀린다. 요가 시간에 배운 우짜이 호흡이다. 꼬리뼈를 말아 넣는다. 오른쪽 발을 들어 발바닥을 허벅지 안쪽에 대고 두 팔을 머리 위로 곧게 뻗어 손바닥을 붙인다. 이것은 나무 자세.

몇 년째 요가 수련원을 다니고 있다. 일주일에 두 번, 그도 귀찮으면 한 번, 아쉬탕가나 빈야사 같은 어려운 시간은 되도록 피한다. 그동안 몇 가지 운동을 시도하다 그만두길 반복했는데 아이러니하게도 열심히 하겠다는 마음가짐과 잘하고 싶다는 욕심을 버리자 꾸준히 이어갈 동력을 얻었다. 지금은 동작을 흉내 내는 데만 급급해하지는 않는다. 근력도 유연성도 형편없기는 매한가지지만 내가 뭘 못하는지 왜 못하는지에 대한 주제 파악 정도는 하게 되었다.

요컨대 무거워질 것. 몸무게가 아닌 힘의 무게로 무거워질 것. 그 무게로 자체 중력장을 만들면 된다. 단전에 힘을 준다. 척추를 바로 세운다. 어깨는 끌어내린다. 날개뼈는 뒤로 젖힌다. 무게중심이 잘 잡히면 팔다리가 자유로워진다. 제대로 무거워지면 가벼워 보인다. 제대로 무겹지 못해서 무거워 보이는 것이다. 지구는 지구의 힘으로 태양을 돈다. 달은 달의 힘으로 지구를 돈다. 힘이 있으면 궤도를 얻고 리듬을 타게 된다. 힘이 없으면 다른 중력권에 맥없이 끌려들어 곤두박질친 끝에 운석이 되거나 산화된다. 거대한 중력은 언제나 외부에 있다. 지구에게는 태양이 있다. 달에게는 지구가 있다. 나의 몸은 지구의 중력이 끌어당긴다. 나의 마음은 삶의 변수에 휘둘린다. 외부의 큰 힘을 실감하면서도 배꼽을 중심으로 힘을 키워 자체 중력장과 궤도를 얻는다면 가벼움이 따라올 것이다. 공중 부양이 신기한 곡예처럼 보이지 않을 것이다. 날개 없이 날개뼈만으로도 날아가는 느낌이 들 것이다. 요가 선생님이 이렇게 말한 적 있다. 호흡과 의식을 돌보지 않으면 다 죽은 동작이라고. 호흡과 의식으로 동작에 숨을 불어넣으면 몸을 타자화할 수 있다. 함몰되지 않고 통증이나 느낌을 관찰할 수 있다. 의식을 벼리는 훈련. 망아의 반대편에서 나는 의식의 궤도를 따라 나로부터 멀어질 수 있다. 그 단계에 닿으면 빈 책으로서의 空冊도 한 호흡에 읽어낼 수 있을까. 그러나 나의 팔다리는 후들거린다. 나의 몸은 균형을 잃고 비틀거린다. 나의 머리는 잡념에 사로잡힌다. 이것은 상한 나무 자세. 잡념 끝에 노래가 입속을 맴돈다. 조동진. 「나무가 되어」. 슬픈 노래다. 그는 죽었다. 죽은 사람의 나무가 된 목소리. 나무가 되지 못한 산 사람의 상한 자세.

창밖을 본다.

상한 나무의 자세는 무너지고 나는 창틀에 어깨를 기댄 채 짝다리로 서 있다. 서툰 연기를 하고 있는 기분이 든다. 눈곱도 떼지 않은 채 간밤의 꿈을 부지런히 받아 적고 창밖의 나무와 바위 벽 너머의 동네를 바라보다 한쪽 다리로 중심을 잡아보겠다고 뒤뚱거리는 이 겨울 아침만이 아니라, 나의 삶 전체가. 누군가 이곳을 보고 있다. 이곳은 무대다. 무대는 감쪽같다. 나는 지나치게 성실한 메소드 배우여서 나라는 사람의 일생을 연기하고 있는 것조차 모른다. 성실하지만 익숙하지 않아서 줄곧 NG가 나는데 그런 것도 깨닫지 못한 채 이게 아닌데, 아닌데, 정체불명의 이물감에 시달린다. 숙주를 잠식하는 데 실패한 바디스내처bodysnatcher, 꿈속의 방 선생처럼.

나는 열네 살의 나를 괴롭히던 방 선생이었지만 방 선생이기만 한 것은 아니었으며 방 선생이고 싶지 않았지만 방 선생이 아닐 수도 없었다. 방 선생으로서 곤욕을 치르느라 부아가 치밀었고 방 선생이 곤욕을 치러 통쾌하기도 했다. 꿈속에서도 이 이중 감정이 곤혹스러웠고 곤혹스러워서 연기는 어정쩡하다. 배역에 열렬히 몰입하지도 배역을 능숙히 조종하지도 못한다. 캐스팅이 나쁘군. 연출자는 한숨을 쉰다. 관객은 인상을 쓴다. 보기에 한심하더라. 아니면 연속되는 NG조차도 관객에게 토막웃음을 제공하려는 연출자의 의도였을까. 보기에 웃기더라.

창밖을 본다.

선희가 나무 뒤를 지나 가볍게 바위 벽으로 뛰어오른다. 선희는 이쪽 일대를 제 영역으로 삼고 있는 턱시도 고양이다. 며칠 보이지 않던 선희는 어제 다시 바위 벽의 양지바른 자리를 찾아 잠을 청했는데, 그러고 보니 선희 때문에 방 선생이 꿈에 나온 건지도 모른다.

선희를 선희라 부르게 된 건 지난여름부터다. 주근깨가 많은 희고 동그란 얼굴에 숱 많은 긴 머리를 양 갈래로 묶고 다니던 아이. 영화 「벌새」를 보고 난 다음이었다. 주인공 은희 나이였던 열네 살 적의 일들이 주마등처럼 스치면서 그 애 생각이 났다. 그때 낮잠을 자고 있던 창밖의 고양이가 눈을 뜨고 기지개를 켰다. 고양이는 뒷발로 목을 긁고 혓바닥으로 정성껏 앞발을 핥았다. 선희야. 이름을 불러보고 싶었다. 고양이를 부른 건 아니었지만 고양이는 내 쪽을 쳐다보았다.

방 선생이 담임을 맡은 반에서 선희와 나는 한동안 짝이었다. 무슨 시간이었더라, 아마도 체육 시간 다음이라 교실에 시큼한 땀 냄새가 진동하고 누가 뭐라거나 말거나 헐렁한 윗도리를 펄럭여 바람을 일으키던 무더운 오후. 선희는 한쪽 팔을 베고 책상에 엎드려 낙서 같은 것을 하다가 연필 끝으로 나의 팔꿈치를 찔렀다. 봐봐. 선희는 연필로 자기 겨드랑이를 가리켰다. 나는 털이 없어. 너는? 내가 소매 사이로 겨드랑이를 보여주자 선희는 키득거리며 이번엔 사타구니를 가리켰다. 나는 거기에도 없는데. 너는?

선희와 내가 속닥이다 걸린 탓에 그날 우리 반은 단체로 벌을 받았다. 다른 애들에게 미안하지는 않았다. 우리가 아니었더라도 피할 수 없었을 테니까. 방 선생은 늘 그런 식이었다. 무슨 꼬투리를 잡아서라도 수요일 종례 시간엔 단체 기합을 주었다. 누가 점심시간에 말뚝박기를 해서, 누가 건넨 초콜릿과 편지가 누구에게 닿아서, 누가 몰래 워크맨으로 음악을 들어서, 반 전체 아이들이 의자 위에 무릎을 꿇고 앉아 교과서와 소지품을 채운 가방을 들어 올리고 영어 단어나 수학 공식을 중얼거려야 했다. 기합을 받는 날이 수요일이었던 건 두꺼운 교과서의 수업이 그날 몰려 있기 때문이었다. 방 선생은 악명이 높았다. '빠따'로 팼고 독설로 찔렀고 집요하게 반성문을 요구했다. 일등도 반장도 예외는 아니었으니 나름 공평하기는 했다.

지금 방 선생을 생각하면 미움보다 심란함이 앞선다. 따져보니 그때 방 선생은 스물네 살이었다. 사범대 영어과를 갓 졸업하고 여자중학교에 처음 부임한 여교사였다. 슈퍼 모델처럼 키가 크고 눈빛은 형형하게 빛났다. 아, 멋있다. 처음엔 그가 '우리 선생님'이어서 우쭐하기까지 했는데. 그의 젊고 활기찬 에너지는 무슨 까닭으로 열네 살 여자애들을 향한 공격성으로 분출될 수밖에 없었을까. 「벌새」에 나오는 영지 선생님은 방 선생을 떠올리게 했다. 젊다는 것을 제외하고 둘은 닮은 데가 없었다. 그악스럽고 표독했던 방 선생과 달리 영지 선생님은 다정하고 사려 깊은 사람이었다. 그런데도 어딘가 겹쳐 보였다. 빛과 그늘. 상반된 것들의 상동성. 무엇으로 인하여 하나는 빛이 되고 하나는 그늘이 되었나.

창밖을 본다.

창밖엔 고도가 낮은 해의 빛과 그림자. 한 무리의 새들이 날아와 동시에 나뭇가지에 내려앉는다. 다시 몇 마리가 날아와 대열에 섞인다. 바람은 없는데 가지들이 휘청거리고 몇 초쯤이었을까. 메마른 풍경 속으로 뒤늦게 또 한 마리가 합류하자 새들은 일제히 가지에서 날아올라 동쪽으로 사라져버린다.

감동적이군. 하나를 버리지 않는다는 거지. 새들이 떠난 나무에는 잎사귀가 하나도 없다. 춥다. 며칠 전까지는 메마른 잎 몇 장이 끈질기게 매달려 있었는데. 연한 바람이 불면 맑은 종소리 같은 것이 났다. 거친 바람이 불 때는 쇳소리에 가까웠고 칼바람이 불면 누가 싸리비로 바닥을 쓰는 듯한 소리가 들렸다. 나무는 이제 소리를 내지 못한다. 앞으로도 그럴 것이다. 나무는 여름에 타 죽었다. 타 죽은 검은 잎들을 붙들고 몇 달 동안 나무로서의 마지막 소리를 냈다. 타 죽기 전엔 어떤 소리가 났더라. 손바닥만 한 잎사귀들이 펄럭펄럭. 펄럭펄럭. 어떤 날은 오리 날갯소리. 어떤 날은 백조 날갯소리. 정작 나는 오리 날개와 백조 날개를 구분하지 못한다. 정작 나는 저 나무의 이름도 모른다. 죽기 전에 확인을 해두었으면 좋았을 것이다. 그러고 보니 쐐기문자로 적혀 있던 출석부의 무색투명한 이름들도 꿈속에서 끝내 읽지 못했지. 쐐기나무. 그렇다고 저 나무를 대신 쐐기나무라 부를 수는 없을 것이다.

3 독고숙의 블로그

프로필

獨孤㺯(lonelydoggg)

거의 본명. 완독가.

우리가 지금은 거울에 비친 모습처럼 어렴풋이 보이지만 그때에는 얼굴과 얼굴을 마주 보게 될 것입니다.

완독가

끝까지 읽는 사람. 무조건 샅샅이 읽는 사람. 완독가는 글자를 읽는다. 단어나 문장이 아닌 글자를. 마침표와 쉼표를 포함해 종이에 배열된 기호를 빠짐없이 읽는다. 모든 기호에 한 번 이상 시선이 닿게 하는 것. 그것이 완독가의 목표다.

완독가는 독서의 즐거움을 구하지 않는다. 유익한 정

보를 습득하려 하지도 않는다. 재미라든가 쓸모 같은 것은 완독가의 시야에 없다. 완독가는 완독이라는 행위를 위해 책을 손에 든다.

완독가는 등반가와 비슷하다. 험하고 척박한 길을 골라서 간다. 완독가에게 도전 정신을 불러일으키는 책은 심오한 의미가 담긴 철학 서적이나 판독이 어려운 고문헌이 아니다. 그런 책들의 완독에는 내적 보상이 주어진다. 완독가는 보상에 저항한다. 의미로 환원될 수 없는 읽기의 충동에 복종한다. 완독가를 사로잡는 건 비문과 오역이 남발되어 문맥을 파악하기 어려운 번역서, 세로 조판에 글자가 깨알 같은 옛날 도서, 인명과 지명이 낯선 길고 긴 대하소설 같은 것들.

아니다. 완독가는 등반가와 다르다. 차라리 보도블록의 금을 모조리 밟지 않으면 견딜 수 없는 마음. 그런 마음으로 책에 꽂힌 사람. 완독이 끝나도 성취감이나 희열은 따라오지 않는다. 책을 덮으면 모래벌판 한가운데에 홀로 서 있는 느낌이 든다.

파본이 왔다

보름 전에 주문한 셜리 윌슨의 소설 『주사위의 일곱번째 면을 위한 완벽한 미로』는 무슨 일로 어제 배송이 되었다.

펼쳐보니 엄청난 파본이다. 113페이지에서 128페이지까지가 무려 다섯 번이 반복되고 193페이지로 건너뛴다. 파본치고도 희귀본이 아닐 수 없다. 완독가의 마음에 불을 지르는군. 오늘은 첫번째 118페이지에서 세번째 115페이지까지. 제목 그대로 완벽한 미로에 들어선 느낌. 내일이 오지 않을 것 같은 흥미로운 느낌. 「사랑의 블랙홀」이라는 타임 루프 영화에 그런 하루가 있었지. 내일로 넘어가지 못하는 하루. 끝없이 반복되는 하루. 똑같은 아침의 알람. 완벽한 미로의 아침을 위한 똑같은 알람.

전쟁과 평화

내가 완독가라는 것을 처음 깨달은 건 열여섯 살 때였다. 학교를 그만두고 집에서 빈둥거리다 아버지의 서

재에 꽂혀 있던 케케묵은 책을 생각 없이 꺼냈다. 『戰爭과 平和』. 1974년에 출간된 세 권짜리 책이었다. 그때 표지에서 읽을 수 있던 글자는 '과'와 '똘스또이'뿐이었다. '戰爭' '平和'만이 아니라 번역자와 출판사 이름도 한자로 적혀 있었다. 표지를 넘기자 한층 위압적인 장벽이 나의 문해력을 조롱하듯 버티고 있었다. 촘촘한 2단 세로조판, 드문드문 섞인 한자, 수많은 등장인물의 길고 긴 이름, 낯선 단어가 나올 때마다 안 그래도 좁은 열을 다시 둘로 나누고 활자 크기를 줄여 괄호 안에 빼곡히 배치한 번역자 주해가 첫 페이지부터 쏟아졌다. 들어가고 싶다. 나는 들어가고 싶었다. 읽을 수 없는 이 책 속으로 들어가고 싶었다.

내 눈이 따라간 것은 내용이 아니라 누렇게 바랜 종이에 우툴두툴 요철감이 남아 있는 글자들이었다. 이야기나 등장인물의 운명은 눈에 들어오지 않았다. 모르는 단어가 많아서 좋았다. 막힐 때마다 묘한 쾌감이 들었다. '식자植字'라는 단어를 그때 처음 알았다. 글자를 심다. 글자에서 싹이 돋는 환상. 그러므로 글자들의 숲을 헤치며 나아가는 한 걸음 또 한 걸음.

『戰爭과 平和』의 완독은 한여름에서 가을이 끝날 무렵까지 대략 4개월에 걸쳐 이루어졌다. 내가 읽은 것은 내용이 아니라 글자였고 글자의 숲을 헤치며 그저 나아갔을 따름이므로 내용도 장면도 기억나는 바는 없다. 기억나는 것은 읽음과 접속되어 있던 시간과 장소의 감각이다. 대야의 찬물에 발을 담그고. 매미의 울음. 매미에서 귀뚜라미로. 지구본을 빙빙 돌리던 손가락. 엄마의 설거지 소리. 도마에 닿는 칼의 소리.

완독사

완독을 직업으로 삼을 수는 없나. 그렇다면 완독가 대신 완독사. 변호사 회계사 의사처럼 '사' 자로 끝나는 직업 완독사.

조선 시대에는 전기수라는 직업적인 낭독인이 있었다고 한다. 저잣거리에서 책을 읽어주고 보수를 받던 사람이란다. 낭독이 워낙에 생생해서 듣던 사람 하나가 악당을 응징하겠다며 전기수를 찔러 죽인 사례도 있었다지. 완독사도 보수를 받고 책을 대신 읽어준다. 낭독 대신 완독의 방식으로. 읽히지 않는 책을. 읽을 수 없는 책을. 읽기 싫은 꺼림칙한 책을. 끝까지. 그만두지 않고 끝까지.

4 남쪽 창

보세요. 의사가 창밖을 가리킨다.

창밖엔 계단이 있다. 꿈에서 나가는 계단. 계단을 따라 나는 줄을 서고 있다. 겁을 먹고 있다. 내 차례가 다가오자 의사는 마우스를 움직인다. 검사를 받으셔야죠. 계단은 착착 접혀 바닥의 일부가 된다. 검사를 받으려면 유리를 까야 합니다. 의사가 등을 떠민다. 까세요 어서. 화면이 바뀐다. 창밖엔 방이 있다. 독고숙의 방이다. 바닥에는 다다미가 깔려 있다. 다다미의 사각형이 사방연속무늬가 되어 끝없이 펼쳐진다. 어서요. 의사가 재촉을 하는데 유리는 없다. 다리가 후들거린다. 방향은 엉망이 된다. 놀람은 회전이 된다. 바닥은 벽이 된다. 바뀐 바닥에는 바뀐 다다미. 다다미 한 첩마다 게이샤가 등을 돌린 채 앉아 있다. 발이 닿으면 다다미는 밑으로 꺼진다. 게이샤도 꺼진다. 너도 꺼져.

악몽의 뚜껑인가요.

꺼지지 않은 내가 묻는다.

역몽입니다.

의사가 혀를 굴려 발음을 바로잡는다.

오케이.

나는 영어로 대답한다.

오케이라뇨. 유리를 까라니까요.

의사는 혀를 차며 창밖을 가리킨다.

보세요. 쫓기는 거잖아. 유리를 안 까면 잡힐 겁니다. 갇힌다구요. 영영 못 나와. 끝이에요.

의사가 손가락으로 목을 긋는다. 유리에 목이 뜬다.

역몽에 걸린 겁니다. 목유리 씨.

목유리는 돌아눕는다.

오진이었어.

목유리는 뒤척인다.

돌팔이.

목유리는 목을 만진다.

아니잖아. 끝이.

목유리는 눈을 뜬다.

빛이 든다.

환하다. 빛이 든다. 공기가 건조해서 목이 따끔거린다. 생수병을 들고 창문 앞에 선다. 얼굴과 목과 어깨가 희미하게 창유리에 반사된다. 역몽에 걸린 겁니다. 목유리 씨. 나는 목유리에서 금세 헤어나오지 못한다. 의사가 내 이름을 어떻게 발음했더라. 끊어 읽으면 몽뉴리. 연음하면 모규리. 몽뉴리. 모규리. 몽뉴리. 모규리. 역몽을 앓는 몽뉴리…… 목의 맥박이 만져지는 모규리……

밤에는 침대에 누워 김승일의 시집을 넘겨 보다가 "유리 까는 일 꿈에서는 혼자 했다"[†]라는 구절을 읽었다. 시 속의 '까는 일'이란 '바닥에 깔다' 할 때의 '까는'이었지만 어쩐지 '계란을 까다' 할 때의 '까는'인 것만 같아서

유리를 까다니, 깐다면 유리는 어떻게 까야 할까, 그런 생각을 하다가 잠이 들었다. 꿈속의 창밖은 의사의 모니터 화면이었을 것이다. 화면을 구동한 운영체제는 윈도우였겠지. 윈도우의 유리를 나는 까야 했는데. 까고서 도망을 가야 했는데.

창밖을 본다.

교토에 와 있다. 간밤엔 몹시 추웠다. 히터를 내내 돌렸다. 섞이지 못한 냉기와 온기가 이슬이 되어 유리에 맺혀 있다. 소매로 닦아내려다가 손가락으로 병명을 적어 본다. 햇빛을 받은 유리에서 물방울이 흘러내린다. 역몽도 물방울과 함께 흘러내린다. 창밖은 남쪽이다. 숙소는 10층이다. 소로를 따라 길게 이어지며 소실점을 만드는 전깃줄이 보인다. 남쪽이다. 외워야 한다. 저 앞의 길은 남쪽으로 뻗어 있다. 남쪽으로. 남쪽으로? 어떻게? 이내 나는 북쪽을 바라보고 있다는 착각에 붙들린다. 앞쪽은 북쪽. 뒤쪽은 남쪽. 오른쪽은 동쪽. 왼쪽은 서쪽. 내 감각은 앞뒤 좌우와 동서남북을 구분하지 못한다. 앞쪽으로 트인 남쪽이 이해되지 않는다. 왼쪽으로 돌아야 하는 동쪽이 당황스럽다. 창밖은 남쪽이다. 내 눈에 오염된 창밖은 북쪽이다. 내 신체가 머무는 공간은 안팎의 방향이 통하지 않는다. 어쩌면 역몽의 경미한 증세. 트위터를 켠다. 목유리. 닉네임을 목유리로 바꾼다. 디엠 창에는 새로 온 답글이 없다. 은각사 매표소에 맡겨둘게요. 내가 보낸 것이 마지막이다. 맡겨두겠다고 했지만 나는 아직 맡기지 못했다. 空冊은 가방에 있다. 두 권이다. 한 권은 재옥의 트친에게 전해야 한다. 독고숙의 블로그에 다시 들어가본다. 이 사람이 맞을 것이다. 아닐 리 없다.

독고숙의 블로그를 발견한 건 재옥의 팔로우 계정을 통해서였다. 한 계정의 프로필에 블로그 주소가 링크되어 있었다. 교토에 유학 중. 전공은 아마도 고미술. 트위터에는 주로 동아시아의 미술품을 올렸는데 블로그에는 짧은 독서 노트가 많았고 그중에 완독에 관한 포스트가 몇 개 있었다. 나는 재옥이 공책을 전하고 싶다고 한 그

트친이 이 사람일 거라 확신했다. 디엠을 보냈다. 그는 노나메(재옥의 닉네임이다) 님에게 따로 연락을 받은 적이 없다고 했다. 공책에 대해서도 모르고 있었지만 흥미를 보였다. 나는 전하고 싶다고 했다. 충동적으로 항공권을 예약하고 은각사 쪽에서 만나기로 대략적인 약속을 잡았다. 그런데 교토 숙소에 짐을 푼 후 여러 차례 연락을 넣어도 답이 돌아오지 않았다. 초조했다. 나의 체류 일정은 짧았다. 마냥 기다릴 수는 없어 어제 아침 다시 디엠을 보냈다. 은각사 매표소에 맡겨둘게요.

초행이라 채비를 서둘렀다. 파파고의 도움으로 매표소 직원에게 건넬 말을 준비했다. 전달해달라고 하면 질문이 돌아올 텐데 내 짧은 일본어로는 감당할 수 없을 테니 그냥 주웠다고 하자. 이케노 호토리데 히롯타 모노데스. 연못가에서 주운 것입니다. 그런 다음 지도를 펴고 경로를 점검했다. 은각사는 교토의 북동쪽. 32번 버스를 타면 한 번에 간다. 정류장은 숙소 가까이에 있다. 이 정도면 무난하다. 크게 헤매지는 않을 것이다. 오후엔 주변을 둘러볼 시간도 되겠지…… 그럴 줄 알았지만 엘리베이터를 타고 내려오는 사이 방향을 잃었다. 숙소의 창밖으로 보던 거리가 남쪽, 남쪽의 남쪽이 북쪽, 남쪽의 서쪽이 동쪽…… 정류장을 찾아 갈팡질팡하다 다시 한번 방향을 잃었다. 왼쪽 차선으로 달리는 일본의 차량에는 적응이 되지 않았고 내가 타야 할 버스가 선 자리는 도로 건너편. 무단 횡단을 했지만 버스는 떠나고. 다음 버스는 멀고. 숙소에서 정류장까지는 3분 거리인데 버스에 오르는 데 한 시간이 걸렸다. 버스는 바로 좌회전을 했다. 북쪽으로 튼 건가. 도심을 가로지르는 대로에서 모서리를 돌았으니 북쪽일 것이다. 아닌가. 4조를 지나 5조. 아니다. 동서로 뻗은 교토의 대로는 1조에서 10조까지 번호가 매겨진다. 1조 거리가 가장 북쪽이고 10조 거리가 가장 남쪽이다. 4조를 지나 5조라면 남쪽으로 가고 있는 것이다…… 서둘러 버스에서 내렸지만 더 이상은 어디가 어딘지 가늠이 되지 않았다. 망연히 주변을 둘러보았다. "무엇을 할 것인가 둘러보아도 보이는 건 모두가 돌아앉았네……"[‡] 옛날 노래만 궁상맞게 떠오르고. 돌아앉은 것들은 그저 돌아앉아 있을 뿐이고. 횡단보도를 건너 맞은편의 32번 버스만 타면 되나. 그러면 온 길을 되돌아갈 수 있나. 절대음감처럼 절대방향감 같은 것을 타고난 사람도 있을 것이다. 지도가 넘쳐나는 세상이니 인간의 꼬리뼈처럼 퇴화한 재능일지도 모르지만. 해와 별이 없어도 망망대해에서 길을 잃지 않는 사람. 남극과 북극의 지구 자기장에 신체가 반응하는 사람. 걸어 다니는 나침반 같은 사람. 왼손으로 네모를 그리며 오른손으로 동그라미를 그리듯 세계의 동서남북과 내 몸의 전후좌우를 또렷이 가를 수 있는 사람. 절대음감이나 절대방향감이 있다면 절대성격을 지닌 사람도 있을까. 누구와 있는가, 어떤 환경을 살아가는가에 영향을 받지 않는 사람. 주어진 자리나 역할에 따라 태도가 변하지 않는 사람. 내면의 나침반을 지닌 사람. 시계를 보았다. 5시였다. 은각사의 문은 닫혀 있었다. 배가 고팠다. 식당 간판을 단 목조 가옥의 문을 밀었다. 식당의 와이파이로 디엠 창을 확인하고 삐그덕삐그덕 계단을 밟고 2층으로 올라가 다다미 바닥에서 우동과 덴푸라를 먹었다. 내가 앉은 자리의 다다미 한 첩만 색이 진했다. 꿈속의 게이샤를 닮은 인형이 벽 선반에 서서 은근한 미소를 짓고 있었다.

버스를 탄다.

목유리의 상태로 버스를 탄다. 다시 탄다. 일일 패스를 끊어 아무거나 탄다. 은각사에 가야 하는데. 데려다주는 대로 아무 데나 가고 아무 데도 아닌 데에 간다. 창밖엔 자전거를 타는 노인들. 기모노를 입은 관광객들. 등이 굽은 청소부의 뒷모습에는 머리가 없다. 굽은 등과 목에 가려져 있던 짧은 백발을 목유리는 목을 기웃거린 다음에야 확인한다. 도비라가 시마이마스. 버스 기사의 안내 방송이 입에 붙는다. 문이 닫힌다. 은각사에 가야 하는데. 버스 대신 도로가 좌회전을 하고 도로의 흰 선들이 우회전을 한다. 동서남북은 팔랑개비의 팔이 되어 제멋대로 돌다가 뭉개진다. 도비라가 히라쿠마데 오마치쿠다사이. 목유리는 속으로 따라 한다. 문이 열릴 때까지 기다린다. 목유리는 내린다. 어딘가에 있지만 어딘가도 아닌 어딘가에 거꾸로 매달려 있는 기분. 역몽에 걸린 겁니다. 목유리 씨. 지도를 본다. 이정표와 꿰어보니 교토의 북서쪽이다. 해가 진다. 금각사에서 멀지 않지만 금각사에는 지킬 약속이 없다. 편의점에 들어간다. 음료수를 사고 거스름돈을 받는다. 지갑에 1엔 동전이 수북하다. 반짝이는 알루미늄. 발밑에 개울이 흐른다. 반짝이는 물비늘. 밤이 온다. 반짝이는 불빛.

버스를 탄다.

목유리는 버스를 탄다. 내린다. 탄다. 내린다. 은각사에 가야 하는데. 내린 정류장은 동물원 앞이다. 티켓을 끊는다. 차고 맑은 날씨. 맹수들의 기운이 넘친다. 호랑이 무늬. 표범 무늬. 기린 무늬. 얼룩말 무늬. 살가죽의 무늬들이 최면을 건다. 어지럽다. 은각사에 가야 하는데. 사람의 그림자 무늬를 지나 파충류의 그늘 속으로 들어간다. 비단뱀 무늬. 우유뱀 무늬. 살무사 무늬. 별거북 무늬. 무늬들이 끝나는 외진 자리에는 박쥐가 있다. 천장의 철망을 발톱으로 붙잡고 거꾸로 매달려 있다. 몸통을 싸

맨 날개는 검고 얇고 팽팽하다. 날개를 지탱하는 뼈와 관절이 보인다. 날개에 퍼져 있는 혈관이 보인다. 각진 물건을 무리하게 쑤셔 넣은 검은 비닐봉지 같다. 꿈틀거리는 비닐봉지. 비닐봉지의 밑이 터진다. 머리가 나온다. 까만 머리가 까만 눈을 뜬다. 비닐봉지의 배가 갈라진다. 쥐도 새도 아닌 몸뚱이가 나온다. 사타구니가 보인다. 오줌이 흘러내린다. 박쥐도 꿈을 꿀까. 위아래가 뒤집힌 역몽이겠지. 하늘로 추락하는 꿈. 바닥으로 비상하는 꿈. 안팎이 통하지 않는 역몽이겠지. 이토록 환한 낮의 외진 밤. 검은 비닐봉지에 담긴 하얀 꿈. 역몽에 걸린 겁니다. 목유리 씨. 의사의 말이 다시 스쳐 간다. 어쩌면 박쥐가 옮긴 병일지도. 이 병의 원인과 증상에 대해 이미 설명을 들었던 것 같다. 역몽에 걸린 사람은 꿈의 안팎이 반대가 된다. 꿈속은 목욕물처럼 온화한데 꿈꾸는 이마는 식은 땀을 흘린다. 꿈속은 뜨거운 지옥인데 꿈꾸는 이목구비는 차분한 표정이다. 허약한 심장은 좋은 꿈을 견디지 못한다. 팔다리는 나쁜 꿈에 중독되어간다. 가위에 눌린다. 나른하게. 벌레에게 뜯긴다. 황홀하게. 꿈속의 마음이 진

물을 흘리면 꿈꾸는 얼굴엔 수포가 돋는다. 웃음의 수포. 말기 증상. 가렵다. 긁는다. 수포가 터진다. 이쪽 세계로 나오는 통로가 막힌다. 마음은 컴컴한 지옥에 갇힌다. 얼굴엔 천진한 웃음이 넘친다. 박쥐는 날개로 몸통을 싸매고 다시 고리에 매달린 비닐봉지로 돌아간다. 한 무리의 아이들이 이쪽으로 몰려온다. 천진하게들 웃는다. 깔깔깔. 깔깔깔.

동물원을 나와 저녁으로 먹은 초밥이 기어이 얹히고 말았다. 숙소로 돌아오는 버스에서부터 가슴이 답답하더니 몇 시간째 구토와 설사가 이어지고 있다. 초밥은 차가웠고 식당의 난방은 부실했고 마음은 착잡한 상태였다. 내일은 체크아웃을 해야 하는데. 공책을 맡기러 은각사에 다시 들러야 하나. 맡겨두겠다고 말을 꺼내놓은 것도 약속이지만 약속을 먼저 어긴 건 저쪽이다. 독고숙은 끝내 답이 없었다. 화가 났다. 처음부터 확실히 거절했다면 교토에 오지 않았을 것이다. 나도 약속을 어기는 방식으로 옹졸한 복수를 할까. 아니면 헛걸음이 아닐 가능성을 조금이라도 열어두는 게 낫나. 갈피가 잡히지 않았고 후회가 밀려왔다. 쓸데없는 오지랖이었다. 재옥이 부탁한 것도 아니었고 독고숙이 반색을 하며 받겠다고 한 것도 아니었다. 내가 넘겨짚은 걸지도 몰랐다. 재옥이 말한 트친은 독고숙이 아니었을 수도 있다. 그의 완곡한 거절을 응낙으로 잘못 알아들은 것일 수도 있다. 왜 나는 空冊을 건네지 못해 안달인가. 완독이라는 행위 자체에 이렇게 진심인 사람이라면 空冊도 완독할 수 있겠지. 空冊으로서 공책을 읽어낼 수 있겠지. 空冊의 주인은 이 사람이어야 한다. 그렇게 생각했지만 실은 저주에 걸린 물건이라도 되는 듯 空冊을 떠넘기고 싶었던 건가. 읽어야 한다는 막무가내의 부담에서 벗어나고 싶었던 건가. 복잡한 심경으로 꾸역꾸역 밥을 집어 먹었다. 그러니 탈이 나지 않을 리가 없지.

입을 틀어막고 다시 화장실로 달려간다. 식도가 통째로 쏟아질 기세지만 나오는 건 노란 위액밖에 없다. 입이 텁텁하고 뼛속으로 한기가 든다. 따뜻한 물이나 차를 마실 수 있으면 좋겠는데 또다시 화장실로 뛰어들어 성가

신 절차를 치러야 할까 봐 선뜻 입을 축이지 못한다. 누워서 천장을 본다. 어지럽다. 누웠는데도 어지럽다. 필리핀 어느 섬이었던가. 누우면 어지럼증에 시달리는 까닭에 서서 자는 사람이 있다고 했다. 그 사람도 이런 상태였을까. 머리맡을 축으로 침대가 회전한다. 한 바퀴에 이어 반 바퀴를 더 돌고. 흔들흔들. 정지. 천장에 거꾸로 붙들려 있는 것 같다. 박쥐가 옮긴 병. 눈을 뜨면 바닥으로 떨어질 것이다. 뜨지 않으면 배설물과 토사물의 꿈속에서 허우적거리겠지. 시큼한 냄새가 난다. 보세요. 목유리는 버스를 타고 있다. 동물원을 지나 은각사를 지나 버스는 비포장 흙길을 달리고 있다. 멀미가 날 것 같다. 바람을 쐬고 싶은데 창문은 열리지 않는다. 보세요. 의사가 창밖을 가리킨다. 창밖은 벌판이다. 빛이 날리고 있다. 빛이. 어떻게 날리는 걸까. 날리는 빛 사이에는 오류의 검은 점. 추락한 박쥐인가. 점이 확대된다. 빛을 흡수하는 점액질의 검은 덩어리다. 보세요. 의사의 손가락이 덩어리를 가리킨다. 손가락을 따라 목유리는 흐물흐물 녹아가는 나의 몸뚱이를 목도한다. 눈을 뜬다. 나는 눈을 뜬다. 바닥으로 떨어질까 봐 시트를 움켜쥔다. 보인다. 희끄무레하고 불룩한 동그라미. 전등이다. 천장 가운데. 있을 자리에 있을 것이 있다. 안도와 실망이 동시에 스친다. 눈은, 뜬 채로 있다. 보는 능력을 박탈당한 채 보이는 것에 휘둘리고 있다. 망막에 초점을 맞추는 데에도 에너지가 필요하다. 나에게는 그 에너지가 없다. 전등의 경계가 흐릿해지고 입체감이 사라진다. 전등은 전등 크기의 얼룩이 되어 둥둥 떠다니다가 두 개 세 개로 나뉘었다가 녹아서 없어졌다가 얼룩덜룩한 잔상과 함께 다시 나타나기를 무작위로 되풀이한다. 날이 밝으면 병원엘 갈까. 뭐라고 하면 되지. 와타시, (배를 가리키며) 이타이데스? 의사의 목소리가 몽롱하게 들려온다. 왜 이러고 있어요. 짐을 싸야지. 도망을 가야죠. 갇힌다구요. 역몽에 걸린 겁니다. 목유리씨.

창밖을 본다. 버스를 타고 있다.

버스는 동물원 앞을 지난다. 버스는 강을 건넌다. 창

밖엔 싸락눈이 날린다. 교토에서 보는 첫눈. 교토에서 타는 마지막 버스. 눈발은 완만한 사선을 긋다가 가파른 사선을 긋다가 한다. 바람을 염색하기에 좋구나, 싸락눈은. 비처럼 투명하지 않고 함박눈처럼 탐스럽지 않으니 바람의 시각적 표현에 이보다 알맞은 색소가 없을 것이다. 배에서 소리가 난다. 구토와 설사가 멎었지만 아침은 먹지 않았다. 맑은 머리를 달고 있는 마른 껍데기. 간과 내장은 비몽사몽의 별판에 널어놓고 왔다. 볕에 소독하는 중이다.

도비라가 시마이마스. 문이 닫힌다. 체크아웃을 하고 나오면서 교토의 지리가 비로소 피부에 스몄음을 희미하게 깨달았다. 앞은 남쪽. 오른쪽은 서쪽. 역 앞으로 가는 206번 버스는 모퉁이를 돌아 맞은편에서. 은각사로 가는 32번 버스는 길 건너 맞은편에서. 터틀넥 스웨터의 긴 목은 팔에 끼우고 소매는 머리에 뒤집어쓰고 허우적대다가 간신히 목에 목을, 팔에 팔을 맞춰 넣은 듯한 기분이다. 낙낙한 안정감이 돈다. 가벼운 흥분이 번진다. 정전기가 일어 머리는 산발이 되었지만 제대로 입은 것이다. 이 도

시가 이제 몸에 맞는 것이다. 재옥에게는 재옥의 교토가, 독고숙에게는 독고숙의 교토가, 나에게는 나의 교토가 있는 것이겠지.

공책은 은각사 매표소에 맡기지 않고 관음전 앞 소나무 아래에 두고 왔다. 따로 디엠을 넣지 않고 사진을 찍어 재옥과 독고숙의 계정을 태그해 트윗을 올렸다. 원래는 내 손때가 묻은 空册을 전할 생각이었지만 재옥에게 받은 여분의 새 공책을 봉투에 넣었다. 급한 사정이 생겨서 연락하지 못한 것이라면 찾아갈 것이다. 아니면 직원이든 방문객이든 누구든 공책을 수습해 잘 써주어도 좋고.

사쿠라도 단풍도 쌓인 눈도 없는 메마른 겨울. 바람이 잦아든다. 창밖의 싸락눈이 수직선을 긋는다. 팔랑개비 방향계가 느려진다. 동서남북 네 개의 팔이 낱낱으로 보이기 시작한다. 앞은 동쪽. 왼쪽은 북쪽. 버스는 좌회전을 한다. 왼쪽은 서쪽. 앞쪽은 북쪽. 떠날 시각이 되어서야 방향이 잡히니 유감이다. 아닌가. 떠날 시각이 되었으므로 떠날 곳에 몸이 맞게 된 것일지도. 거꾸로 매달려 있던 목유리가 천천히 제자리로 돌아온다. 버스의 맨 뒷자리에 나는 바로 앉아 있다. 절대방향감 같은 것이 지금은 부럽지 않다. 느리게, 둔하게, 어렵게 익히는 열등한 학습자의 쾌감을 길의 천재들은 알 리 없다. 창밖의 싸락눈이 산만한 휘날림으로 바람의 궤적을 다시 그린다. 구름 사이로 빛이 든다. 잠깐. 빛이 날린다. 空册은 가방에 있다. 한 권이다.

5 헬멧을 쓴다

고개를 든다. 창밖을 본다.

머리가 무겁다. 딱히 두통은 아닌데. 남의 두개골을 쓰고 있는 기분. 도무지 내 것 같지가 않다. 무겁고 갑갑하다. 노트북을 짊어지고 나와 카페에 자리를 잡았지만 한 문장도 쓰지 못했다. 모니터만 뚫어지게 노려보다 퍼즐 게임 앱을 켰고 무한 생명 보너스 타임이라 넋 놓고 풍선만 터뜨렸다. 한심하다. 창밖엔 공사가 한창이다. 야광 조끼에 흰 헬멧을 쓴 인부들이 보도블록을 새로 깔고 있다. 블록들은 헤링본 무늬로 차곡차곡 흙바닥에 메워진다. 첫 문장이 떠오른다면 저 블록들처럼 빈틈없이 다음 문장들을 이어갈 수 있을지도 모르는데. 머리가 무겁다. 왼손으로 얼굴을 받친다. 엄지와 검지를 양쪽 광대뼈에 대고 나머지 세 손가락으로 한쪽 볼을 감싼다. 손아귀에 힘을 주면 얼굴은 양철 깡통처럼 가볍게 구겨질 것도 같은데. 하찮음으로 얼굴을 기각하는 이 동작이 찌르르 쾌감을 유발할 것도 같은데. 머리는 무겁다. 인부 하나가 허리를 펴고 헬멧을 벗는다. 두개골도 저렇게 탈착이 되면 좋을 것이다. 뇌를 보조할 헬멧 같은 것이 있으면 좋을 것이다. 남의 것 같은 무거운 두개골을 벗어놓고 인공지능이 장착된 헬멧을 쓴다면 거침없이 자판을 두드릴 수 있을지도 모르지.

헬멧을 쓴다.

상상의 헬멧을 쓰고 산책을 나선다. 가파른 골목과 계단을 지나. 성곽의 토끼 굴을 지나. 2월의 숲길로 들어선다. 헬멧의 전원을 켜고 조절기를 세팅한다. 시각 50. 후각 15. 청각은 20. 나무 아래에 젖은 낙엽이 수북하다. 젖은 낙엽의 냄새가 난다. 젖은 낙엽 속에서 참새들이 후드득거린다. 어휘 난이도는 40. 은유 허용도는…… 산책로는 명랑하고 삭막하다. 이런 풍경이라면 은유에 기대지 않는 편이 낫다. 그렇다면 10에 둘까. 자신이 없다. 너무 낮추면 동어반복이 남발되고 버그 현상이 생긴다. 특히 시간을 나타내야 할 때는. 시간에 고유한 동사는 없다. 시간은 흐른다. 강물처럼. 시간은 간다. 화살처럼. 강물이나 화살에 빗대지 않고는 시간을 표현할 방법이 없다. 수치를 높인다. 은유 허용도는 25. 겨울이 간다. 겨울이 끝나가고 있다. 끄트머리에 와서 한결 뚜렷해지는 겨울의 색. 겨울의 선. 겨울의 소리. 겨울의 냄새. 바람은 차다. 겨울의 감촉. 촉각은 20에 둘까. 15로 할까. 정밀해지고 싶다. 정확해지고 싶다. 젖은 낙엽의 색과 냄새를, 마른 나무의 선을, 지금 이 시간이 흐르는 속도와 공기의 느낌을 빼놓지 않고 살려내고 싶다. 그렇지만 나에게는 숲의 언어가 부족하다. 나무는 크고 검다. 나는 저 나무의 이름을 모른다. 나무에서 새가 운다. 나는 저 새의 이름을 모른다. 말이 막힌다. 답답하다. 아니다. 나는 헬멧을 쓰고 있다. 부족한 필력을 기계의 도움으로 메워 궁극의 섬세함과 유려함에 가닿는 세계를 그려본다. 머리에 쓴 헬멧에는 세상의 모든 어휘와 문장구조가 탑재되어 있다. 새로운 데이터들이 시시각각 업데이트된다. 헬멧을 쓰면 나의 감각에 닿은 것들이 최적의 문장으로 바뀌어 파일 형태로 저장된다. 문장은 기계에 의해 확장되고 세밀화된다. 시시콜콜 늘어지지 않고 구구절절 질척거리지 않고 단어와 단어는 기계의 박자에 알맞게 올라탄다. 헬멧을 쓴다. 나무 아래 낙엽을 밟는다. 습함과 메마름과 푹신함이 신발 밑창을 넘어 발바닥에 함께 닿는다. 수치를 올린다. 촉각은 35. 원근감은 50. 선명도는 70으로 높여 날카로움을 살리는 게 좋을 것이다. 문장 길이는 18. 반복도는 설정이 까다롭다. 원고지 10매당 10개 어휘는 10회 이상 허용, 난이도 최상의 어휘는 1회 한정, 나머지 어휘는 3회 이하 허용…… 정도로는 부족할까. 헬멧은 어렵다. 학습을 해야 한다. 설정을 초기화한다. 지금으로서는 일일이 설정하는 것보다 자동 모드에 두고 버튼만 누르는 게 나을 것이다.

창밖을 본다.

헬멧을 쓰고 창밖을 본다. 헬멧은 언제 어디서든 착용할 수 있게 가벼워지고 곱슬머리 단발머리 상고머리 가발형 헬멧이 출시되면 좋겠지. 앞치마를 하듯 헬멧을 쓰고 나는 밥을 한다. 잠옷을 입듯 헬멧을 쓰고 나는 침대에 눕는다. 헬멧은 空冊에 연동되어 있다. 헬멧은 내가 끓인 미역국의 맛과 두부를 자르는 손의 감각을 空冊에 기록한다. 헬멧은 나의 꿈을 받아 적고 나의 창밖을 스케치한다.

창밖엔 선희가 잠들어 있다. 시든 풀과 삭정이들 사이에 사지를 활짝 뻗고 납작하게 엎드린 자세다. 우수가 다가온다. 날이 풀리고 물이 풀리는 절기지만 무엇보다 길고양이의 낮잠이 평화로워지는 시간. 또한 낙엽이 착실하게 익어가는 시간. 낙엽도 익어간다. 선희가 깔고 앉은 낙엽은 푹신해 보인다. 갓 떨어진 가을의 낙엽은 차고 건조한 날씨 속에서 남아 있던 색소와 수분을 날리며 회갈색으로 말라가다가 이듬해의 눈비를 맞으며 적갈색으로 숙성된다. 붙잡고 싶다. 낙엽이 익어가는 과정을 하루 단

위로 붙잡고 싶다. 헬멧을 쓴다. 헬멧은 쓴다. 헬멧은 쓰고 나는 헬멧을 쓸 뿐이지만 헬멧이 대신 써주어도 나는 여전히 쓰는 사람일 것이다. 수제 문장이 기계 문장으로 대체되어도 내 역할이 없어지지는 않을 것이다. 수제 문장에는 수제 문장의 텍스처가 있고 기계 문장에는 기계 문장의 텍스처가 있다. 나는 헬멧의 주인이며 알파이자 오메가이다. 쓰고자 하는 것을 내가 선택하고 최종 편집도 내가 한다. 관건은 조절기의 세팅에 있다. 세팅을 어떻게 하는가에 따라 스타일은 달라진다. 헬멧이 대신 써주는 세계에서 나는 텍스트자키라고 불리면 될까. 일명 TJ. 선희가 눈을 뜬다. 길게 기지개를 켠다.

헬멧을 쓴다.

자동 모드의 헬멧을 쓰고 을지로를 걷는다. 구역 일부는 철거가 진행 중이다. 무너진 건물의 잔해들. 셔터를 내린 가게들. 가방엔 空冊이 있다. 空冊은 헬멧과 페어링이 되어 있다. *소상공인 죽어간다. 생존권을 보장하라.* 현

수막이 펄럭인다. 루모다. 제네레다. 그라우팅. 에폭시. 골목은 구불구불 이어진다. 자석 가게의 각종 자석. 볼트 가게의 각종 볼트. 금속 가게 선반에는 백동 황동 막대들이 반짝인다. 막대의 단면에는 이목구비들이 웃고 있다. 울고 있다. 절삭기 소리가 들린다. 개 짖는 소리가 들린다. 철물점의 각종 철물. 타일 가게의 각종 타일. 흥얼흥얼 노랫소리가 들린다. 노래인 줄 알았는데 야 이 쉬레기 쉬발놈아 쉬부랄 쉽새기야, 전봇대에 등을 대고 주저앉은 남자는 느린 가락에 경음을 제거한 욕설을 얹어 하염없이 중얼거리고 있다. 산발을 흔들며. 무슨 타령을 부르듯. 부드럽고 구슬픈 쌍욕이란 것도 가능하구나. ㅅ의 발음은 또 이토록 변화무쌍하고. 좀 전에 탄 택시의 라디오에서는 「동백아가씨」가 흘러나왔다. 동백아가씨의 '씨'. 이미자의 가늘고 앳된 목소리도 새삼스러웠지만 무엇보다 나는 이미자의 '씨'에 잠깐 사로잡혀 있었지. 혓바닥 전체를 쓰지 않고 혀끝만을 경구개에 근접시켜 강하고 짧은 타격으로 만든 소리. 그러나 끝내 처연한 애상을 포기하지 않는 치찰음. 노래가 끝난 후 나는 입속으로 그

발음을 따라 해보려 했지만 동백아가씨의 씨는 이미자만의 씨. 도로는 꽉 막혀 있었다. 내가 탄 택시와 보도를 걷는 여자는 앞서거니 뒤서거니 했고 맑은 하늘에서는 후드득 빗방울이 떨어지기 시작했고. 건널목을 건너. 바인다. 고주파. 저만치 앞서간 창밖의 여자는 굳이 비를 피할 생각이 없는 듯 차분한 걸음이었다. 한 걸음. 한 걸음. 걸음을 옮길 때마다 잘 정돈된 반백의 생머리가 어깨 위에서 찰랑거렸고. 함께 쏟아지는 비와 빛 속에서 반짝거렸고. 앞 유리에 떨어진 빗방울들이 택시가 달릴 때마다 유리의 경사면을 힘겹게 기어올랐다. 물살을 거슬러보려는 올챙이 같다고 생각했다. 택시가 속도를 높이자 올챙이 중 한 마리가 힘닿는 데까지 기어오르고는 툭 미끄러져 떨어졌고. 여자는 상점 사이의 골목으로 사라졌고. 신호등에 걸려 택시가 다시 서자 기를 쓰고 유리에 달라붙어 있던 올챙이들은 일제히 추락해버렸는데. 각종 홀더. 전단. 반값 명함 찬스. 어느새 나는 인쇄소 골목 쪽으로 들어와 있다. 잉크 냄새. 먼지 냄새. 달구어진 쇠 냄새. 모퉁이를 돈다. 카다로그. 카렌다. 쇼핑백. 감리를 보러 나간다는 재옥을 따라 언젠가 이 골목에 와본 적이 있다. 대양재단. 태광인쇄. 한강코팅. 거래처가 이 부근 어디였을 텐데. 위치와 이름은 기억나지 않고 철컥철컥 인쇄기가 종이를 뱉어내던 장면만 선명하다. 시노하라. 싸바리. 空冊도 재옥의 오랜 거래처에서 말아주었을까. 귀돌림. 도무송. 푸라톤 전문. 空冊은 가방에 있다. 똑같은 것을 더 만들어야 하는데. T3절 2색 넘버링. 국2절 4도 인쇄. 헬멧의 입력분을 감당하기에 재옥이 준 空冊은 턱없이 부족할 것이다. 특수 박. 안료 박. 홀로그램 박. 골목엔 낯선 전문용어들이 즐비하다. 좋군. 늘 이런 생소한 어휘의 파노라마에 반한다. 내가 모르는 세계의. 내가 모르는 시간이 쌓인. 낡고 또 휘황한.

空冊을 편다.

집에 돌아와 空冊을 넘겨 본다. 空冊엔 헬멧의 기록이 적혀 있다. 그럴 것이다. 주먹으로 눈두덩을 누른다. 눈꺼풀 안에서 울긋불긋한 무늬들이 떠다닌다. 다시 본다. 다시 읽는다. 내 감각을 충실히 옮긴 것인데도 생경하고 어렵다. 헬멧에 의지하는 사이 나의 어휘력과 문장력은 나날이 형편없어진다. 헬멧은 나날이 정교해지고 엄정해진다. 자동 모드의 헬멧은 성별 구분이 내장된 어휘를 쓰지 않는다. 헬멧은 비하와 혐오로 오염된 표현을 쓰지 않는다. 헬멧은 사람의 특이한 발음을 기록에 반영하지 않고 헬멧 착용자의 상념과 감정을 지각 대상에 뒤섞지 않는다. 헬멧은 말에 밴 이념적 편견을 걸러낸다. 구식 단어와 표기 방식을 현대식으로 자동 업데이트한다. 신조어를 모으기도 하고 직접 만들기도 한다. 무궁무진 발전하는 헬멧의 말을 따라가는 것이 나는 벅차다. PC 지수는 70. 수치를 낮춘다. 혐오와 차별과 편견이 섞인 표현을 나도 원하지 않지만 PC 지수를 초깃값인 100에 두면 글에서 핏기가 사라진다. 상념 반영도는 50이면 될까. 방언 반영도는 30? 헬멧을 수동으로 조절하는 데에 익숙해지는 수밖에 없다.

헬멧은 어렵다. 어렵고 또 번거롭다. 적당히 수동 설정을 해둔 채 쓰고 벗기만 할 수는 없다. 헬멧을 벗고 한 시간이 지나면 설정값은 초기화된다. 소유자의 세팅에 갇혀 있으면 헬멧의 학습력이 저하되기 때문이다. 내가 세팅하지 않은 헬멧은 나의 일상어를 쓰지 않고 헬멧어를 쓴다. 내가 헬멧의 데이터를 활용하기도 하지만 헬멧이 나의 데이터를 모아 네트워크에 공급하기도 한다. 인간 X의 캐릭터 성향. 감각 배분 패턴. 헬멧 활용 패턴 등등. 헬멧은 그것들로 무엇을 할까. 헬멧 서사를 만들지도 모르지. 헬멧 서사가 인간의 서사와 어떻게 다를지 궁금하지만 돌고래와 돌고래의 대화를 엿들을 수 없듯 헬멧과 헬멧의 이야기도 내 귀에 들릴 리는 없을 것이다. 서운해해서는 안 된다. 나는 우리 집에서 자라는 고무나무의 마음도 모른다. 창밖을 오가는 선희의 움직임도 읽지 못한다.

창밖을 본다.

선희는 펜스 저편의 아랫동네를 건너다보며 볕을 쬐고 있다. 하늘엔 흰 구름. 흘러가는 뭉게구름. 까치가 운다. 선희의 귀가 움직인다. 선희의 꼬리가 움직인다. 선희의 꼬리는 검다.

한 북 토크 행사에서 시와 소설을 동물에 비유해줄 수 있겠느냐는 요청을 받은 적이 있다. 두 장르에 대한 나의 생각을 묻는 거라면 대답할 말이 없지 않고 그런 유의 질문에 나름 준비해둔 비유를 동원해볼 수도 있겠는데 하필 동물이라니. 허를 찔린 기분이었다. 뭐에 가까울까요, 하하, 캄캄한 머릿속으로 타조, 기린, 얼룩말, 반달곰, 쌍봉낙타, 단봉낙타, 동물원의 동물들을 되는대로 훑다가 순간 선희의 꼬리가 떠올랐다. 그러자 꼬리에 꼬리를 물고 두 고양이가 따라왔다. 체셔 고양이와 킬케니 고양이. 시는 체셔 고양이. 소설은 킬케니 고양이.

『이상한 나라의 앨리스』에 나오는 체셔 고양이는 한 마리다. 앨리스와 이야기를 나누다가 꼬리가 사라지고 몸통이 사라지고 머리가 사라지고 마지막엔 웃음만 남는다. 킬케니 고양이는 두 마리다. 사이가 나쁜 둘은 서로 목덜미와 귀와 옆구리를 물어뜯으며 싸우다가 마지막에 둘 다 공평하게 꼬리만 남는다. 고양이 없는 고양이의 웃음. 고양이 없는 고양이의 꼬리. 형체가 사라지고 마지막에 남는 것들. 그런 것으로서의 시. 그런 것으로서의 소설.

문장 생성 인공지능 GPT-2에 관한 기사 몇 개를 훑어본다. 15억 개 이상의 어휘를 학습한 GPT-2는 이미 모든 분야의 글을 잘 쓰고 게다가 아주 빠르게 쓴다고 한다. 시도 소설도 예외가 아니라고 한다. 나의 헬멧은 GPT-2의 코드 소스를 바탕으로 개발될까. 현재는 가짜 뉴스 남발 등의 악용 가능성을 고려해 전체 코드 소스를 공개하지 않기로 했다는데, 아마 영원히 가둬두지는 못할 것이다. 어떤 식으로든 봉인은 풀리게 되어 있다.

그렇다면 차라리 누구나 손쉽게 사용할 수 있으면 어떨까. 가짜를 걱정할 일이 오히려 사라지지 않을까. 가짜를 걱정한다는 건 진짜에 대한 믿음이 있기 때문이다. 글을 통해 정보와 지식, 혹은 지혜를 얻을 수 있다고 믿기 때문이다. 그러니까 믿음을 버리면 된다. 글은 정보를 담지 않는다. 글은 앎과 무관하다. 글의 기본 속성은 픽션이다. 소설만 픽션이 아니라 신문 기사도 픽션이고 과학

책도 철학 책도 다 픽션이다. 모든 글을 픽션으로 받아들인다면 가짜 뉴스도 걱정할 필요가 없다.

정도의 차이가 있을 뿐 예나 지금이나 픽션이 섞이지 않은 글은 없다. 과학적인 글의 논리와 가설도 일종의 픽션이고 에세이에 담긴 생각과 판단도 넓은 의미에서는 픽션이다. 추구하고 기대하는 바가 픽션이 아닐 뿐이다. 지금 사람들에게 픽션은 가치가 아니다. 픽션임을 적극적으로 내세우는 소설이나 영화에서조차 픽션은 장치 혹은 도구일 뿐이다. 픽션이라는 프레임을 통해 어떤 마음은 삶의 깊은 진실에 가닿고자 하고 어떤 마음은 관음증적 욕망을 안전하게 충족시키려 한다. GPT-2로 인해 뿌리째 변하는 것은 글 자체가 전하는 진위라기보다 글에 대한 기대치일지도 모른다. 진리, 진실, 유의미한 정보를 기대하는 마음이 사라지고 모든 글은 픽션이며 유희의 대상으로 받아들여진다. 보르헤스의 환상 행성 틀뢴처럼.

틀뢴에서 학문의 최종 심급은 심리학이다. 틀뢴 사람들은 마음의 지평선을 넘어서는 진실이나 실재를 추구하지 않는다. 사건과 사건을 연결시켜 인과의 내러티브를 만들지 않고 감각된 것들의 분류와 종합을 시도하지 않는다. 그러므로 종교가 없다. 종교는 삶의 혼돈을 근원으로서의 하나에 귀속시키고자 하는 열망의 산물이다. 틀뢴 사람들에게는 그런 열망이 없다. 신학을 포함하여 모든 철학은 변증법적 유희이자 문학이고 형이상학자들은 진실 대신 놀라움만을 추구한다. 재미있고 신기할수록 좋은 것이다. 틀뢴이 미래의 지구라고 한다면? 나쁜가?

나쁠 것도 좋을 것도 없이 그 세계의 거주자들은 마음의 종자가 아예 다른 존재들이라 해야 할지도. 인류의 후손이라기보다 인류를 탈피한 신인류에 가까울 것이다. 사실 그런 사람들이 사는 삶의 디테일이 머릿속에 잘 그려지지는 않는다. 추론되는 특성을 적당히 늘어놓아볼 수 있을 따름이다. 테크놀로지가 비약적으로 발전한 세계보다도, 조직과 기관에 과격한 변형을 겪은 신체보다도, 마음의 벡터가 총체적으로 재정향된 인류를 그려보는 것이 더 어렵다.

보르헤스는 「바벨의 도서관」 마지막 문장에 이런 각주를 달았다. “레티시아 알바레스 데 톨레도Letizia Alvarez de Toledo는 방대한 도서관이란 쓸모없는 것이라고 했다. 엄격히 말해서, 단 한 권의 책, 보통 판형에 9호나 10호 활자를 쓰고 아주 얇은 무수한 페이지로 된 단 한 권의 책이면 충분하다는 것이다.”†

空冊을 다시 넘겨본다. 空冊을 헬멧과 연동시킨다면 페이지는 한참 모자라겠지. 매일매일 쌓이는 기록을 감당하려면 덧쓰기 덧읽기 기능이 있어야 되나. 한 천 권쯤 더 만들어야 하나. 막연히 그런 생각을 하고 있었는데 나의 空冊이 보르헤스가 말한 것 같은 단 한 권의 책이라면. 아주 얇은 무수한 페이지로 이루어진. 헬멧의 입력분이 모두 수용되는.

空冊의 내지는 총 96장. 두께는 14밀리미터. 그러니까 장당 두께는 0.146밀리미터쯤이다. 백지장도 맞들면 낫다고 헬멧의 기록이 낱장의 앞뒷면을 꽉 채울 때마다 종이의 모서리가 일어나 두 장으로 갈라진다면. 0.146밀리미터의 두께가 0.073으로, 또 0.0365로 끝없이 얇아지며 무한히 빈 페이지를 만들어낸다면. '홑들의 압축계'라고 空冊에 이름을 붙일까.

홑들의 압축계는 구글이 자동 번역한 구절을 모아놓은 내 문서 파일의 이름이다. 웹 페이지에서 처음 복사해 붙인 구절을 따라 파일 이름도 그렇게 저장되었다. 홑들의 압축계에는 대략 이런 것들이 모여 있다.

밤에는 눈부신 과장 간판과 천하무적 상점과 날개 그릇
물고기 어머나 된장국
친구가 없을 유리 올빼미와
심지어 비
심지어 개
후크 냄새는 오랫동안 나쁘지 않습니다
항상 최고입니다

구글 AI의 울퉁불퉁한 번역에는 반짝이는 파편들이 많다. 그 파편들은 때로 인간의 닳고 닳은 말보다 더 시적으로 다가온다. 뇌가 경직되어 있다는 느낌이 들 때 나는 훝들의 압축계에 들어가 워밍업을 하기도 한다. 그러니까 기계치인 지금의 나에게도 헬멧 비슷한 것이 없는 것은 아니다.

구글 헬멧을 쓴다. 헬멧은 쓰고 나는 헬멧을 쓴다. 헬멧이 만든 문장을 물끄러미 훑다가 중얼거린다. 부디 지금보다 유려해지지 말아줘. 나의 어린이로서 곁에 있어줘. 기묘한 옹알이를 계속 들려줘. 구글의 번역 실력은 나날이 향상되고 있다. 나는 그것이 기쁘지 않다. 헬멧을 향한 나의 마음은 오락가락한다. 이 헬멧은 저 헬멧과 다르다. 상상의 저 헬멧으로는 정밀함과 유려함에 가닿는 글을 꿈꾸지만 이 헬멧으로는 유려함에 정복되지 않는 틈새를, 틈새로 들어오는 빛을, 체셔 고양이의 웃음을 찾아 두리번거린다.

여자는 창밖을 보고 있다.

창밖엔 아이들. 아이들과 무궁화꽃이 피었습니다. 여자는 민머리다. 뒤통수가 동그랗다. 긴 목 아래엔 쇄골이 드러나는 환자복. 귀밑엔 경동맥을 향해 똬리를 풀고 있는 뱀 타투. 여자는 반듯한 자세로 앉아 있다. 느슨하게 깍지 낀 손을 펼쳐진 책 위에 얹고 도서관 창밖에 시선을 고정하고 있다.

"쟤들, 행위 예술 하는 거 같지 않나요?"

여자가 말을 걸어서 나는 당황한다. 알고 있었구나. 책상에 월간지를 펼쳐놓고 페이지를 뒤적거리고 있었지만 실은 잡지에 실린 기사보다 옆에 앉은 여자를 훔쳐보고 있었다. 그쪽으로 자꾸 시선이 갔다. 여자는 창밖을 보고 있으니까. 내 시선이 향하는 걸 모를 거라 생각했다. 시선이라는 걸 얕본 것이다. 시선은 레이저 빔을 쏘는 것도 파동이나 타격감을 동반하는 것도 아닌데. 시선은 벌레가 아닌데. 어깨나 등허리, 뒤통수에 닿아도 기어코 감지된다. 눈에 보이지 않아도 시선은 느껴진다. 시선 감지 신경세포 같은 것이 피부에 산포되어 있는 걸까.

여자 쪽으로 향했던 곁눈을 나는 얼른 잡지 위로 돌려놓고 목소리에 깜짝 놀란 척 고개를 들지만 그래봤자 무안하기 짝이 없다. 여자의 눈을 따라간다. 창밖을 본다. 창밖엔 아이들. 아이들과 무궁화꽃이 피었습니다. 아이들은 다섯이다. 앞마당의 커다란 나무에 술래는 얼굴을 묻었고 남은 넷은 뒤에서 움직이다가 일제히 동작을 멈춘다. 하나는 킹콩이 가슴을 두드리는 자세. 하나는 양팔을 앞뒤로 움직이는 달리기 자세. 하나는 손차양을 만들어 먼 하늘을 쳐다본다. 하나는 한 발로 땅을 딛고 아라베스크 자세로 멋지게 균형을 잡고 있다가 순간 중심을 잃고 비틀거린다.

"매번 새로워요. 정지할 때마다. 정지가 풀릴 때마다.

새로운 긴장이 흐르다가 흐트러지다가 그러네요."

나는 대답을 하지 못한다. 머리만 끄덕인다. 술래가 바뀐다. 무궁화꽃이 다시 핀다. 피고 또 핀다. 정지된 동작들의 예측할 수 없는 형태.

"저런 게 진짜 예술 아니겠어요. 보는 사람도 즐겁고 하는 사람도 재밌잖아요."

그런가. 그럴지도 모른다. 아이들은 웃고 떠들고 숨을 몰아쉬고 있겠지만 유리에 막혀 소리는 들리지 않는다. 마임을 보는 것 같다. 아이들은 끝내줄 때가 많지. 뚝딱뚝딱 만든 것은 그대로 작품이고 툭툭 뱉는 말은 그대로 시가 되며 뛰노는 움직임과 동선은 즉흥 공연이 되곤 한다. 시선에 오염되지 않은 무구한 이목구비와 팔다리들로만 할 수 있는 것들.

생각하는 갈대가 되면 그럴 수 없다. 의식이 끼어들고 나면 창작과 향유는 분리된다. 창작자로서의 즐김은 떠오른 아이디어로 대강의 윤곽을 만드는 단계까지. 그다음은 수고스럽고 지루하기까지 한 연습, 훈련, 퇴고와 수정의 연속이다. 작품이 최상의 상태에 가까워지기 위해

선 고된 노고와 인내가 뒤따라야 한다. 이 단계가 독하게 이루어지면 관람자나 독자의 즐김 지수는 올라갈 확률이 높다. 창작자의 즐김 지수가 올라가려면 이 단계가 생략되어야 한다. 엉성하면 어떤가. 누가 보거나 말거나 일단은 내가 재밌을 것. 잘하려고 애쓰느라 나를 괴롭히지 말 것. 퀄리티에 연연하지 말 것. 만드는 재미를 무엇과도 바꾸지 않을 것. 그런 자세를 아마추어 정신이라 부르는 걸 텐데 쟤들은 무슨 정신 같은 거 없이도 신나고. 같이 놀지 않고 창밖으로만 봐도 좋군. 오후의 창밖은 환하다. 담쟁이들에 덮인 벽은 푸르고 벤치 위로 넝쿨진 등나무에는 연보라색 꽃이 주렁주렁 피어 있다. 술래가 이마를 대고 있는 나무에만 잎이 없다.

"감나무예요."

여자는 내 생각을 읽기라도 한 것처럼 나무에 대해 알려준다. 감나무구나. 그런데요. 목소리를 좀 낮추셔야 하지 않을까요. 도서관이잖아요. 지금은 또 역병의 시절이고요. 사서는 컴퓨터로 업무를 보고 있다. 모니터에서 눈을 떼고 이제 말소리가 또렷이 들리는 탁자로 다가올 것이다. 이야기는 밖에서 나누라며 주의를 줄 것이다. 나는 신경이 쓰여 데스크의 눈치를 보고 자료실 안을 둘러본다. 책장이 넘어가는 소리. 연습장에 꾹꾹 닿는 볼펜 소리. 코를 훌쩍이는 소리. 간헐적 딸꾹질. 의자의 끌림. 천장에 달린 네 개의 프로펠러가 느릿느릿 공기를 휘젓고 있다. 자료실의 천장은 높다. 가벼운 소음의 메아리가 울린다. 베레모를 쓴 노인은 돋보기를 들고 있다. 대각선 방향의 남자는 목에 난 털을 족집게로 뽑으며 눈으로 책을 훑고 있다. 앞머리에 분홍색 롤을 만 학생은 시험공부 중인 것 같다. 건너편 책상에는 팔을 베고 잠든 여자의 긴 머리카락이 흐트러져 있고 서가 앞에는 말쑥한 정장을 입은 남자가 서 있다. 다행히 여자의 목소리 따위 아무도 신경 쓰지 않는 눈치다.

"작년엔 감이 몇 개 달렸거든요. 그 전해에는 주렁주렁 달렸고요. 따주지 않아서 저 모양이라고 동네 노인이 혀를 찼죠. 쟤들은 자기들이 나무에 자꾸 야구공을 맞혀서래요. 아파서 죽은 거라며 미안해하더라고요."

여자는 별걸 다 안다. 언제부터 도서관을 다닌 걸까.

이 동네에 오래 산 걸까. 며칠 전 휴게실에 갔다가 매너 게시판이라는 걸 보았다. 갖가지 메모지가 핀으로 꽂혀 있었다. 트림 좀 자신 있게 하지 맙시다. 침 발라서 책 넘기지 마세요. 가오 잡고 야리는 남자들 허세 그만~. 도서관은 노숙자 쉼터가 아닙니다. 코딱지 파서 아무 데나 날리지 좀 마라 ㅆㅂ. 온갖 불평 사이에는 여자에 대한 날 선 말들도 섞여 있었다. 1층 자료실에 멍하니 앉아 있는 환자분 출입 금지 좀…… 나이롱 환자 그만 오시죠. 추해요ㅋㅋㅋ.

메모지는 몇 달 전에 붙었을 것이다. 휴관 공지가 잦은 요즘 도서관에는 사람이 많지 않다. 나는 일주일에 한 번쯤 도서관에 오는데 어김없이 여자를 본다. 처음 본 건 아마도 반년 전쯤. 여자는 야구 모자나 비니를 쓴 날도 있고 로비에 서서 나무 막대기에 걸린 신문들을 넘겨 볼 때도 있는데 대체로는 오늘처럼 민머리에 환자복 차림으로 창가 자리에 앉아 있다. 환자복을 입거나 말거나 무슨 상관이람. 도서관 출입에 복장 규정이 있는 것도 아니고. 메모지에 담긴 짜증과 조롱은 불편했고 몇 달째 이런 걸 방치하다니 관리도 안 할 게시판을 왜 만들었나 싶기도 했지만 솔직히 나도 여자에 대해 궁금하기는 했다. 근처에는 입원 환자를 받을 만한 큰 병원이 없다. 여자가 입은 환자복은 꼬아놓은 사다리 모양의 세로 패턴이다. 저렇게 이중나선 형태로 생긴 것이 유전자라던가 DNA라던가. 꼬인 사다리와 사다리 사이에는 NPRU라는 글자가 넓은 간격으로 프린트되어 있다. 병원 이름의 이니셜이 아닐까 싶은데 검색을 해봐도 나오지 않는다. 머리카락이 없다면 병이 깊을 텐데. 어쩌자고 창밖이나 보면서. 책은 펼쳐만 놓고서. 그러니까 내가 다른 빈자리들을 두고 굳이 여자 옆에 앉아 흘깃거리다가 시선을 들키고 만 것이다.

"맨눈으로 별을 관측하려면 말이죠. 똑바로 쳐다봐서는 안 된대요. 이 책에 그렇다고 나오네요."

여자의 손 아래에 놓인 책은 『모르그가의 살인』. 에드거 앨런 포의 단편집이다. 펼쳐만 놓고 있는 줄 알았는데 읽고 있었구나.

"망막에서 가장 민감한 부분은 중심을 비껴 있대요.

눈길을 흘려 시야의 가장자리로 하늘을 살펴야 희미한 별을 찾을 수 있다는군요.”

민망하다. 에둘러 나를 힐책하는 말일 것이다. 네가 나를 훔쳐보는 거. 내가 무슨 책을 펼쳐놓고 있는지 넘겨다보는 거. 시야의 가장자리로 다 보였어. 잘 보였어. 네 눈보다 내 눈에 보이는 게 더 많았어. 눈을 어디다 둬야 할지 입을 어떻게 열어야 할지 모르겠다. 죄송하다고 해야 하나. 변명을 해야 하나. 못 알아들은 척 가방을 챙겨 자리를 떠야 하나. 다시 데스크 쪽을 본다. 사서는 대출 처리를 하고 있다.

“다른 층 직원들은 블라인드를 자꾸 내려놔요. 여기만 좋아요. 여기만 바깥이 보이죠.”

다섯이었던 창밖의 아이들은 넷으로 줄어 있다. 넷은 무궁화꽃을 접고 한 발로 콩콩 뛰며 나무 둘레를 돌고 있다. 무슨 놀이인지 모르겠다. 술래가 따로 있는 것 같지는 않은데. 앞선 아이의 등을 치는 건가. 여자는 킥킥거린다.

“윤달 놀이예요. 파란 애는 저승문으로 들어갔어요.”

사서가 다가온다. 도서관에 복장 규정이야 없지만. 말

소리에 웃음소리까지. 주의를 주고 갈 줄 알았던 사서는 창문들을 돌아가며 조금씩 열어놓고 자리로 돌아간다. 부드러운 바람이 든다. 파란 애라면 흰 바탕에 파란 글자의 LA 다저스 유니폼을 입은 아이를 가리키는 건가. 아니면 먼저 가버린 아이를 말하는 건가. 가버린 아이가 어떤 색 옷을 입고 있었는지 기억이 나지 않는다. 저승문으로 들어간 다음에는 어떻게 되는 거지. 다시 나올 수 있나. 윤달에는 뭘 해도 액막이가 된다던데. 그러고 보니 오늘부터 윤달이다. 남는 달. 덤으로 얹힌 달. 달이 한 번 차올랐다가 이울 때까지 앞으로 한 달간 음력의 날짜는 없다. 어제는 파마를 했다. 머리에는 파마 모자. 무릎에는 『우먼센스』. 『우먼센스』에서 나는 김완선의 사진을 보았고 뷰티 케어 정보와 N번방의 존재를 알린 대학생들의 기사를 읽었고 또 목유리라는 독자가 투고한 글을 읽었다. 1974년 윤사월생. 저는 올해 세 살이 됩니다. 태어나고서 세번째 돌아오는 윤사월이죠. 윤사월이라지만 그건 또 편의적으로 부르는 거라서 사실 윤달엔 날짜가 없다, 날짜 없는 생일이란 배꼽 없는 몸뚱이와 비슷한 것도 같다, 그래서인지 무중력 상태에 둥둥 떠 있는 꿈을 자주 꾸는데 유리 가가린 때문인지도 모른다, 아버지는 유리 가가린을 동경해서 자기 이름을 유리라고 지었는데 소비에트의 국가적 영웅을 함부로 입에 올렸다가는 무슨 험한 일을 당할지도 모르던 시절이라 어렸을 때는 그냥 깨끗하고 맑은 유리인 줄로만 알고 있다가 두 살(a.k.a. 스물일곱 살)이 되었을 때 유리 가가린의 유리라는 것을 알게 되었고 아버지는 돌아가셨고 이제 세 살이 되는데 윤달에는 날짜가 없으니 윤달에 태어난 사람은 생일이 없고 날짜가 없는 한 달이 통째로 '생월生月'이라 한 달 내내 몰아서 폭풍처럼 즐기기로 결심했다, 등등. 여하튼 19년 만에 생월을 맞아 제대로 축하를 받고 싶으니 경품 이벤트에 꼭 당첨되었으면 좋겠다는 것이 요지였다. 그 글을 읽다가 나는 "윤달에 생일은 여덟 번……"† 하는 노래가 떠올랐고 미용사는 로드 하나를 풀어보고는 중화를 하자고 했고. 마스크를 벗겨드릴게요. 귀에서 그가 마스크 고리를 벗겨낼 때 나는 흠칫 놀라고 말았다. 노출해서는 안 되는 은밀한 부위를 드러낸 것처럼. 관습의 감각이 이렇게 쉽게 바뀌는 거였나. 겨우 몇 달 마스크의 일상을 살았을 뿐인데. 생애의 첫 외출을 마스크와 함께 시작한 어린이들은 말할 것도 없겠지. 역병의 유행이 물러가고 난 후에도 이 감각은 유지될지 모른다. 혹은 더 공고해질지도. 입은 외설의 기관으로 굳어지고. 모든 식당엔 불투명 칸막이가 설치되고 공공장소에서의 식사는 혼자서. 마스크를 빌려주고 빌려 쓰는 것은 은밀한 감정의 표현이 될 수도 있을 것이다. 마스크 산업은 나날이 번창하여 착용감과 디자인을 달리한 각종 제품이 출시되고 명품 브랜드도 나오고. 다시 자료실을 둘러본다. 빠짐없이 마스크를 하고 있다. 여자도 마스크를 하고 있다. 안심이다. 좀 전엔 왜 깨닫지 못했을까. 어쩐지 마스크가 소리까지 막아줄 것 같은 기분.

"처음 들어봐요. 윤달 놀이라는 거."

나는 처음으로 입을 뗀다. 창밖의 아이들은 셋으로 줄어 있다.

"따라잡히면 안 돼요. 두 발로 땅을 디뎌도 안 되고요."

"저승문으로 들어가면 끝인가요?"

"집에 돌아갈 시간이잖아요. 다시 나오려면 저승사자가 돼야겠죠."

창밖엔 땅거미가 지고 있다. 저승문으로 들어가며 하나씩 놀이를 끝내고. 하나씩 집으로 돌아가고. 부모가 채근하거나 학원에 가야 하는 아이는 일부러 뒷덜미를 잡히기도 할 테지. 그리고 하나가 남을 것이다. 마지막 남은 아이는 잡힐 수 없다. 죽을 수 없다. 죽지 않은 마지막 아이 하나만 두고 저승문은 닫힐 것이다.

"하나는 이승에 버려지겠군요."

"늘 하나를 외롭게 남겨두잖아요. 놀이라는 거."

바깥은 차근차근 어두워지고 창문엔 여자의 얼굴이 비친다. 여자 뒤의 내 모습도 비친다. 눈을 마주하는 것이 부담스러워 나는 책상에 펴놓은 잡지로 얼굴을 돌린다. 페이지를 넘기고 싶은데 빳빳하고 윤이 나는 아트지라 잘 넘어가지 않는다. 예전이라면 생각 없이 검지에 침을 듬뿍 묻혀 넘겼을 텐데. 손끝은 건조하고. 손톱은 길고. 한꺼번에 세 장이 넘어간 페이지 전면에는 한 남자의 흐릿한 실루엣이 실려 있다. 민머리와 두꺼운 목. 손잡이처럼 튀어나온 귀. 사진 속의 남자는 넓은 어깨 위의 고개를 한 1도쯤 오른쪽으로 기울이고 창밖을 보고 있다. 창밖의 바다를 보고 있다. 여자도 여전히 창밖을 보고 있다. 민머리와 가는 목. 여자의 귀는 누운 귀. 여자의 어깨는 좁다. 여자는 자세를 바꾼다. 『모르그가의 살인』을 받치고 있던 손을 떼어 무릎에 나란히 올리자 책 밑에 놓여 있던 또 다른 책이 보인다. 백색 책등. 백색 표지. 낯익은 두께에 낯익은 사이즈. 나는 떨리는 손을 다급히 가방에 넣어본다. 아니다. 나의 空冊은 가방에 있다. 내 것은 나에게 있다. 그렇다면 저것은 재옥이 만든 백 권 중 다른 한 권인가. 여자는 재옥의 지인인가.

"저기요."

가방에서 空冊을 꺼내며 나는 여자에게 말을 붙인다.

"똑같은 게 저에게도 있는데."

여자는 여전히 창밖을 보고 있다. 바깥에 눈을 두고는 있지만 시야의 가장자리로 아니면 실내를 반사하고 있는 창유리를 통해 내가 들고 있는 空冊도 보일 것이다.

"혹시 김재옥이라고……"

나는 말끝을 흐린다. 여자의 공책은 아래쪽 모서리 부분이 두껍다. 귀를 접은 페이지가 많다. 읽은 건가? 읽고서 다시 읽고 싶은 부분을 표시해둔 건가? 어떻게? 재옥이 건넨 거라면 백지가 묶인 것일 텐데. 펼쳐보고 싶다. 공책을 어떻게 썼는지 확인하고 싶다. 손을 대고 싶다. 여자의 눈에 나는 없다. 어둠에 묻힌 바깥이 내 눈에는 잘 보이지 않는데 여자는 익숙해서인가 아이들의 윤달 놀이에 정신이 팔려 있는 것 같다.

"둘만 남았네. 도와줘야겠다."

여자는 자리에서 일어선다. 환자복 주머니에 공책을 넣고 자료실 문을 나선다.

창문을 본다.

창문에는 차갑게 늘어선 형광등. 줄지은 서가에 촘촘히 꽂힌 책들. 북 트럭을 옮기는 청년. 여자가 앉았던 자리에는 『모르그가의 살인』이 놓여 있다. 나는 마스크를 하고 있다. 空冊을 만지고 있다. 모르그. 모르그. 입속으로 중얼거리고 있다. 모르그. 모르그. 거뭇하게 흔들리는 마른 감나무를 보고 있다. 모르그. 모르그의 윤달 놀이. 윤달 놀이에 끼어든 여자의 등을 찾아보려 하고 있다.

7 북쪽 창

창밖을 본다. 비가 온다.

비가 온다. 모데라토의 비. 비는 직선이다. 창문을 타고 직선으로 흘러내린다. 창문에 방이 비친다. 모서리와 모서리. 선반과 서랍. 전등이 있다. 달력이 있다. 책상엔 空冊이 있다. 그리고 상반신의 내가 창밖을 보고 있다. 비가 온다. 어둡다. 아카시아의 실루엣이 어렴풋이 움직인다. 하지가 가까워지는데도 종일 밤을 보내고 있는 기분이다. 밀린 일기를 정리한다. 금요일에 쓰는 수요일의 일기. 문묘를 산책하고 선풍기의 커버를 벗김. 목요일의 일기. 독고숙에게서 연락이 옴. 금요일을 넘긴 금요일의 일기에는 빨래가 마르지 않는다. 머리카락이 마르지 않는다. 저는 일기를 위해 삶을 바치고 있는 것 같습니다.

누가 그랬더라. 하루에 한 번 쓰던 일기는 두 번이 되고 세 번이 되고 일기를 쓴다고 일기에 쓰고. 점점 더 분절되더니 어느덧 일상을 영위하는 시간보다 그 일상을 기록하는 데에 더 많은 시간을 보내고 있는 듯합니다. 빠뜨린 것이 있을까 봐. 빠뜨린 것이 망각 속으로 사라질까 봐 늘 불안에 시달리죠. 일기의 신을 모시는 사제가 된 걸까요. 삶을 덮는 일기. 삶의 이불과도 같은 일기. 일기를 봉양하는 삶. 책상에는 마시다 만 커피가 있다. 식은 커피에서 밤껍질의 떫은맛이 난다.

지난여름의 일기를 읽어본다. 여름의 일기엔 비가 많이 내린다. 일기 속의 지난여름은 현재형이다. 나는 전깃줄을 타고 미끄러지는 빗방울의 속도를 측정한다. 천둥이 치는 밤에 파란 사과를 곁들여 팔도비빔면을 먹는다. 습도 70, 살갗에 물이 묻은 양서류의 호흡법을 배우고 싶어진다. 눅눅한 마룻바닥에 앉아 손톱 발톱을 깎다가 튀어버린 발톱 조각을 찾아 서랍장 아래에 손을 밀어 넣는다. little bit of rain, 구슬픈 옛 노래를 들으며 버스에 앉아 후드득 우박이 튀는 아스팔트를 보다가 내릴 곳을 지나친다. 아현동에서 재옥을 만나 空冊을 받는다. 잘 써라. 어떻게 썼는지 나중에 보고해. 빗소리를 들으며 지난 여름의 나는 이렇게 쓴다. 글을 쓰고 있는 동안은 깊이 살아 있는 느낌이라고. 동시에 깊이 죽어 있는 느낌이라고. 또 이렇게 쓴다. 나무가 있어 창밖은 숲한 밤이라고. 숲의. 늪의. 깊음의. 습함의. 그리하여 숲한 밤이라고. 시간이 손끝에 감촉된다. 비가 온다. 모데라토의 비. 창문을 연다. 바람은 없다. 홈통을 두드리는 빗방울이 규칙적인 소리를 낸다. 창틀 앞 실외기에 장미를 올려놓는다. 장미는 흰가루병을 앓고 있다. 흰 반점들에 덮여 잎잎이 말라간다. 비를 맞히면 악화를 막을 수 있을까. 창밖의 아카시아는 무성하다. 살아 있다. 깊이 살아 있다. 손을 뻗으면 휘어진 가지의 끄트머리를 만질 수 있다. 축축하다. 손은 차다. 비가 온다. 비가 온다,라고 쓴다.

비가 온다.

비를 맞고 있다. 숲한 밤에. 나는 머뭇거린다. 잠은 얕다. 아카시아는 무겁다. 봐라. 누가 속삭인다. 나는 본다. 무겁게 처진 가지 끝에 흰 꽃이 주렁주렁 달려 있다. 저 밑에서는 목보다 목구멍이 크대. 누가 또 속삭인다. 막힐 수밖에 없어. 아카시아 지옥이래. 비가 온다. 비를 맞고 있다. 나는 젖지 않는다. 피부에 방수 코팅이 되어 있다. 누가 숨을 쉰다. 숨소리가 긴 리듬을 탄다. 악관절이 느슨해진다. 지옥이래. 악명이 높대. 이 리듬에 몸을 실으면 나는 지옥에 있게 된다. 나무 밑에 입을 벌리고 서서. 흰 꽃에 목구멍이 막히게 된다. 이 리듬에서 몸을 빼면 습한 밤에 갇혀. 잠들 수 없게 된다. 나무 아래 지옥을 꼼짝없이 엿보게 된다……

창밖을 본다. 하늘은 맑다.

맑고 높다. 높고 어지럽다. 비가 왔다. 비를 맞고 있었다. 비를 내린 먹구름은 저 멀리 물러가 있다. 그래서 어쨌더라. 그 리듬에 몸을 실었던가. 빼었던가. 나무 아래서 있었던가. 나무 아래 선 누구를 엿보았던가. 모르겠다. 갈림길에 서 있는 것과 비슷했을 것이다. 리듬에 몸을 실으면 형상形像의 길이었다. 따라가면 악몽에 닿을 것이었다. 몸을 빼면 잡념의 길이었다. 따라가면 불면에 닿을 것이었다. 나는 택하지도 피하지도 휩쓸리지도 못하고 의지와 무의지와 악몽과 불면의 어설픈 뒤섞임 속에서 뒤척이다 눈을 떴을 것이다. 바람이 분다. 아카시아의 가지가 크게 휘청인다. 잎들이 일제히 청회색 배를 뒤집으며 부르르 경련한다. 생각이 난다. 맞다. 긴급재난문자 경보가 울린다. 39번째 확진자 발생. 역학조사 중. 미간에 힘이 들어간다. 생각이 났었는데. 생각은 먼지와 같다. 머릿속에 가만히 내려앉았다가 잠시 넋을 놓은 사이 흩어져 공기 속을 부유한다. 사라진 것은 아니다. 있다. 있지만 잡히지는 않는다. 보이지 않는다. 뇌세포가 간지럽다. 생각은 먼지와 같다. 아닌가. 연기와 같은가. 비유 없이 글을 쓸 수 있으면 좋을 것이다. "자연은 자연 같습니다. 왜 비유를 찾아야 합니까."[†] 볼테르의 외계인 미크로메가스가 그런 말을 했었지. 비유는 부정확하다. 비유는 부정직하다. 비유는 비겁하다. 비유는 미끈거린다. 비유로 점철된 문장이 싫지만 생각은 생각이다. 쓰지 않고서는 동어반복을 피하지 못한다. 그래서 지구인은 쓴다. 비유는 필요악과 같다고. 생각은 먼지와 같다고. 먼지가 떠다닌다. 창틀의 먼지를 손가락으로 쓸어본다. 먼지와 같은 무엇이 다시 머릿속에 내려앉는다. 생각이 난다. 출처가 있다. 꿈의 출처를 안다. 파리지옥이 있었다. 헤르타 뮐러의 『저지대』를 읽었다. 귀를 접어두었던 페이지를 펼친다. "아카시아꽃은 먹으면 안 돼. 꽃 속에 새까맣고 작은 파리들이 들어 있어. 그 파리들이 목구멍 속으로 기어들어가면 벙어리가 된단다."‡

파리지옥은 3년 전 여름에 죽었다. 우리 집에서 1년 반 정도를 지낸 후였다. 집들이 선물이라며 재옥이 두루마리 화장지와 함께 들고 온 것이었다. 모기나 초파리 같은 날벌레들을 잡아주지 않을까. 이름도 거창하고. 재옥이 내민 파리지옥을 나는 과장된 동작으로 반겼다. 이름에 걸맞은 괴팍한 생김새였다. 축축한 흙에 납작하게 붙은 채 방사형으로 돋은 잎끝에는 트랩이 달려 있었다. 가장자리에는 긴 가시들이 촘촘하게 돋아 있었는데 트랩이 닫히면 톱니 모양으로 엇물려 안의 것들을 꼼짝 못 하게 붙드는 역할을 했다. 드라마틱한 장면을 기대했다. 트랩 안에 갇힌 벌레의 피를 빨고 살을 녹여 충분한 유기질의 양분을 섭취하며 무럭무럭 성장하는 무적의 포식자 식물.

기대와 달리 우리 집 파리지옥은 한 마리의 파리도 잡아먹지 못했다. 트랩은 내가 실수로 건드릴 때만 헛되이 닫혔다. 그런 후에는 새까맣게 타들어갔다. 화분 중앙에 있던 생장점은 차츰 테두리의 한쪽으로 치우치며 잎과 트랩을 냈다. 자연으로 돌아가기 위해 화분에서 몰래 도망이라도 치려는 듯 보였다. 연약하고 볼품없는 식물이었다. 식물로서의 기관이 부실한 까닭에 벌레의 피와 살에 의지한다는 걸 나중에 알았다. 벌레를 못 잡고 물과 빛만으로 어렵게 연명하던 파리지옥은 남은 에너지를 다 쏟아 꽃대를 올려 흰 꽃을 피운 후 더 이상 새잎을 내지 못했다. 죽은 파리지옥은 불에 타 검게 그을린 것처럼 보였다. 습지의 파리지옥을 묻은 자리에 마사토를 덮고 선인장을 심었다. 매미가 종일 울었다. 열어놓은 창문으로 오토바이 소리가 들렸다.

헤르타 뮐러의 『저지대』 표지 그림은 에곤 실레의 풍경화다. 섬세하게 뒤틀리고 유려하게 음란한 그의 선들은 벌거벗은 몸보다 나무와 집과 지붕과 창문에 더 잘 어울린다. 음기와 골계미가 감도는 납작한 마을. 납작한 여름 거의 여름. 집집마다 뚫린 창문으로 실내는 소거되고 집 앞의 빨랫줄엔 신체를 이탈하여 주렁주렁 늘어진 옷들. 에곤 실레가 그린 집에는 사람의 자리가 없다. 그림 속에는 거주자의 자리가 없고 그림 밖에는 관찰자의 자리가 없다. 사람의 자리가 없으므로 집은 집으로서 살아 있다.

空冊을 편다. 空冊에는 그려진 것도 씌어진 것도 없다. 글자도 그림도 없으므로 空冊은 空冊으로서 살아 있나. 독고숙의 뒤늦은 연락에 나는 답을 하지 않았다. 갑작스러운 사고를 당했고 지금은 부산 본가에 와 있다고 했다.

창밖을 본다.

하늘의 높은 하늘색. 구름의 푹신한 구름색. 나무의 뚜렷한 나무색. 나무에서 새가 운다. 나무 너머에서 확성기 소리가 들린다.

창문에 파리 모기

방충망 치세요

때 타고 찢어지고 구멍 난

방충망 가세요

현관문 출입문 새로 나온

방충망도 하세요

치세요 가세요 하세요 세요 세요 방충망 장수의 녹음된 목소리는 투박한 리듬을 타고. 창문의 방충망엔 터진 격자가 두 군데. 창문은 바위 벽을 면해 있다. 울림통 같은 역할도 하고 건물의 뒷담 역할도 하는 저 바위 벽에 뿌리를 내리고 아카시아는 우직하게 자란다.

사실 저 아카시아는 아카시아가 아니다. 학명은 Robinia pseudoacacia, '가짜 아카시아'라는 뜻이다. 아까시나무라 부르면 된다지만 격음을 굳이 경음으로 대체한 아까시라니, 무례함과 무신경함이 스민 멸칭으로 들린다. 창밖이 가짜로 이루어진 것이라면 아카시아로서의 가짜라기보다 숲으로서의 가짜라고 해야 한다. 우거진 잎들로 창밖엔 숲이 펼쳐진 것처럼 보인다. 혹은 산이 깊어진 것처럼 보인다. 하지만 아카시아가 자라는 척박한 바위의 뒷면은 시멘 트인지 콘크리트인지를 가파르게 덮어쓴 흉물스러운 절벽이다.

작년 초봄 어느 날, 창밖에서는 톱질 소리가 들렸다. 아래층 남자가 인부 둘을 데리고 나무들을 모조리 잘랐다. 남자는 창문 앞에 선 나와 눈이 마주치자 대뜸 소리를 질렀다. 나무들 때문에 죽겠다고요. 그늘은 음침하고 떨어진 잎사귀들이 배수구를 틀어막아 그걸 다 파내는 것도 고역이란 말입니다. 그러고는 밑동마다 돌아가며 독한 약을 쳤다. 잘린 가지들은 바위 벽에 위태롭게 방치되었다. 일찌감치 돋아났던 풀들은 제초제에 중독되어

추하게 말라갔다. 지난 계절에 쌓인 낙엽들은 겨울의 색을 잃고 상한 죽음의 색을 띠었다. 4월의 좋은 볕 아래 새 잎들은 나자마자 죽었고 죽은 잎들은 다시 한번 죽었다. 고통스러운 풍경이었다. 녹색에도 죽음의 녹색이 있고 갈색에도 죽음의 갈색이 따로 있다는 것을 알게 되었다.

5월이 다 지날 무렵 땅을 깊이 적시는 비가 이틀 동안 내린 후 잘린 아카시아의 밑동에서는 새 가지와 잎이 올라왔다. 가지는 연하고 작은 잎에는 윤기가 돌았으나 사투를 끝낸 후의 처절함이 묻어 있었다. 나무는 여름 내내 복수를 하듯 무럭무럭 자랐다. 늦가을이 되어 우수수 잎이 지는 와중에도 이대로 한 해를 마치는 것이 억울하다는 듯 가지 끝에서는 새잎이 계속 돋았다. 그 잎들은 한파가 닥친 초겨울 어느 날 새파란 엽록소를 그대로 지닌 채 광합성을 멈췄다. 메마른 녹색으로 가지 끝에서 달랑거리다가 곧바로 낙엽이 되었다. 얼어붙은 여름의 색으로 겨울의 바위 벽을 덮었다.

한 해를 그렇게 보내고 아카시아는 예전의 아카시아로 되돌아왔다. 4월이 되면 마른 가지에서 잎이 돋는다.

5월 초엔 꽃이 만개하고 벌이 윙윙거린다. 꽃이 질 무렵 창밖에는 선이 사라진다. 가로등과 전봇대의 세로선, 바위 벽 위 펜스의 가로선, 그리고 목질화된 가지와 줄기까지 우거진 잎들에 가려 죄다 보이지 않는다. 창밖의 풍경을 휴대전화 카메라로 찍으며 나는 하루를 시작하는데 5월 말에는 프레임의 기준으로 삼을 선이 사라져 애를 먹곤 한다. 하지가 지나면 가지는 무겁고 둔하게 처진다. 아카시아의 시간은 빠르게 흐른다. 그늘에 오래 묻힌 잎들은 여름이 깊어지기도 전에 낙엽이 되어 휑한 줄기 사이로 다시 바위 벽을 드러낸다. 가을이 되면 볕을 잘 받은 상단의 잎들도 색 바랜 반점에 차츰 잠식되며 뒤틀린다. 말라붙은 검은 열매 깍지만 가지에 매단 채 아카시아는 겨울을 난다.

지금은 6월, 아카시아는 맥베스의 가짜 숲처럼 하루가 다르게 이쪽으로 이만큼씩 다가온다. 가지 끝에 새로 돋은 잎자루에는 어린 쪽잎들이 잎맥을 따라 반으로 접힌 채 빗살처럼 붙어 있다. 밤이 되면 가로등의 불빛을 받아 확대된 그림자가 커튼에 어른거린다. 잎사귀들이 스륵스륵 유리창을 쓸기도 한다. 책상에 앉아 일을 하거나 책을 읽다가 나는 곁눈에 잡힌 움직임이나 귓바퀴를 스친 소리에 흠칫 놀라곤 한다. 누가 창밖에 있는 것 같다. 누가 내 삶을 엿보는 것 같다. 누가 손가락으로 내 머리카락을 건드린 것 같다.

"친애하는 벗이여, 모든 이론은 회색이며, 삶의 황금나무만이 녹색이라네." 15년 전 여름, 괴테의 『파우스트』에 나온 구절을 일기에 옮겨 적고 나는 다음과 같은 메모를 덧붙였다. '회색이 녹색을 구원할 수도 있을 것이다. 분명 그럴 수도 있을 것이다.' 그때의 나는 어떤 간절함으로 굳이 이런 생각을 했던 걸까. 지금의 나는 다시 메피스토펠레스에게로 선회하여 이렇게 덧붙인다. 녹색의 떨림을, 녹색의 불안을, 녹색의 경이를, 녹색의 공포를, 회색으로 진정시킬 수는 없을 거라고.

창밖을 본다.

정오의 창밖은 밝다. 바로 잎에 닿는 빛. 잎을 통해 잎에 닿는 빛. 잎과 잎 사이를 통과하는 빛. 층층의 옅고 짙은 녹음. 하늘은 창백하다. 해는 중천에 떠 있을 것이다. 바람이 분다. 완연한 숲의 소리가 들린다. 빛의 반점들이 흔들린다. 빛은 바깥에만 있다. 북쪽 창으로는 바람이나 드나들 뿐 빛은 들어오지 못한다. 창밖으로 손을 내밀자 밝음과 따가움이 손등에 닿는다. 손만 나의 몸을 떠나 빛과 열의 세계에 속해버린 느낌이다.

풍경화를 지루하다고 생각한 적이 있다. 제목을 가린다면 어디가 어딘지 알 길 없는 숲과 바다와 들판과 거리에 내 마음은 미치지 않았다. 지금은 풍경화를 그리는 화가의 눈에 내 눈을 겹쳐보곤 한다. 창밖을 본다. 직하하는 빛이. 비끼는 빛이. 투과하는 빛이. 반사되는 빛이. 신엽과 구엽과 상엽과 하엽에 닿아 만드는 저 무한한 찰나의 녹색을 팔레트에서 내 손으로 직접 재생시키면 좋을 것이다. 캔버스에 붙잡아두면 좋을 것이다. 창밖의 일기를 쓰는 나의 마음도 다르지 않다. 내내 맑음. 내내 흐림. 때때로 비. 미세먼지 나쁨. 일기 속의 햇빛과 구름과 비와 먼지가 삶의 덧없음을 구원해줄 것만 같다. 창문은 북쪽으로 나 있다. 동쪽은 오른쪽이다. 서쪽은 왼쪽이다. 바람은 서쪽에서 동쪽으로 분다. 창밖을 보고 있으면 해가 없어도 동서남북을 혼동하지 않는다. 삶의 방향감각에도 북쪽 창이 있으면 좋을 것이다.

8 북행 열차

창밖을 본다. 열차를 타고 있다.

낙동강이 흐른다. 불어난 흙색의 강물에 거꾸로 선 나무들. 흘러가는 구름들. 의자 등받이를 뒤로 젖힌다. 8월의 녹음은 짙고 깊다. 짙고 깊어지느라 지친 기색이 역력하다. "멋있지?" 뒷자리의 목소리가 들린다. "다음에 해운대 가면 여기서 묵을 거야." 벼는 이삭이 패어간다. 더 익으면 황금빛으로 출렁이겠지만 누른빛이 이제 막 도는 논에는 비바람에 시달린 피로가 묻어 있다. "……서 엘시티가 바로 보이거든." 다른 목소리가 말을 받는다. 하늘은 무겁다. 밭을 덮은 검은 차광막이 더워 보인다. "완공 전이었을 거야. 꼭대기 몇 층에 철근이 드러나 있었으니까. 아무튼 불 켜진 창은 하나도 없는데 밤새 엘리베이터만 환하게 오르락내리락하는 거야.” 엘시티가 보이는 전망이라면 내가 예전에 묵었던 그 숙소일까. “헐, 소름이었겠다. 추락 사고 났었잖아.” “내 말이. 우리 아빠는 그 현장에서 일도 했는데.” 내가 바라보던 그 밤의 엘시티도 괴괴했었지. 해운대의 만월. 해운대의 비. 해운대의 안개. 중천의 만월 아래 홀로 하늘을 찌르는 건물 상층부는 짙고 무거운 기체에 잠겨 있었고 공사장은 보라색 방수포에 덮여 있었고 마스크는 입과 코를 완전히 가려 착용하고 통화는 객차 밖 통로를 이용해주시기 바랍니다. 뒷자리의 목소리가 낮아진다. “그런데도 전망대에 가자는 거야.” 창밖엔 송전탑에서 송전탑으로 전선의 곡선이 이어진다. 돈키호테가 한국 농촌에 왔다면 풍차 대신 송전탑을 향해 칼을 휘둘렀을까. 어쩌면 비닐하우스일지도. 비닐하우스의 찢어진 비닐이 펄럭거린다. 비닐을 치지 않은 반원형 골조들이 차창 밖으로 즐비하게 이어진다. 공룡이나 고래의 갈비뼈를 닮은 임시 건축. 아니면 지상의 생물계를 집어삼키려 지하에서 흙을 뚫고 올라오는 원기둥 괴물. “이제 16분이면 간대.” 뒷자리의 대화는 엘시티에서 고속 열차의 소요 시간으로 넘어가 있다. "설마." 한쪽은 생각 없이 받아넘긴다. 과수원을 지난다. 종이봉투를 쓴 열매들. 열과 오를 맞춘 나무들의 검은 수피. "찾아보면 되잖아." 나는 찾아본다. 부산. 서울. 16분. 검색창에 넣자 하이퍼루프Hyperloop라는 것이 뜬다. 진공에 가까운 긴 튜브를 만들어 공기의 저항을 받지 않고 열차가 움직이게 하는 방식이라 한다. 어떤 기사에는 2026년 운행이 목표라고 되어 있고 어떤 기사에는 2040년경에나 상용화될 거라고 되어 있다. 반가운 기술인가. 지금 타고 있는 기차는 무궁화호다. 종착지인 서울역까지는 세 시간쯤 남았다. 서운하다. 기차는 길다. 기차는 길어야 하는데 한반도 남쪽에서 기차를 탈 수 있는 가장 긴 시간은 다섯 시간 반이다. 빠른 운송 수단이 나올수록 세상이 점점 축소되어간다는 생각이 든다. 이러다가는 하나의 점이 될지도 모른다. 경부선이 개통된 것은 1905년이다. 완행열차는 서른 시간, 급행열차는 열네 시간이 걸렸다. 해방이 되었을 때는 아홉 시간, KTX가 나오자 두 시간, 2040년경에는 16분,

기술이 더 발달한다면 서울에서 부산까지 5초, 아니면 1초, 판타지물에나 나오던 순간 이동은 더 이상 특별한 염력도 뭣도 아닌 것이 되겠지. 최남선은 1908년에 「경부철도가」를 지었다. 1914년에는 「세계일주가」를 지었다. 노래 속의 그는 한양을 떠나 평양과 요동벌을 거쳐 시베리아를 지난 다음 모스크바와 페테르부르크의 거리를 다녔다. 내가 알기로 최남선이 세계 일주를 한 적은 없으니 상상의 여정이었겠지만 상상의 스케일을 막는 휴전선 같은 건 없었다. 통일이 되면 좋겠다. 끊어진 철로가 연결되면 좋겠다. 산책로가 된 서울역 고가도로의 유리 난간에는 그렇게 연결된 철로가 그려져 있다. 한반도의 두 남단 부산과 목포에서 서울을 거쳐 모스크바와 베를린과 파리를 지나 도버해협을 넘어 영국에 닿는 평화 철로. 휴전선을 지나 경의선을 따라 평양까지 신의주까지 또 국경을 넘어 대륙을 횡단할 수 있다면. 모스크바를 지나 헬싱키를 지나 서북쪽 끝까지 가볼 수 있다면. 객차 안은 춥다. 창밖에는 땡볕이 이글거리는데 나는 여벌의 긴 옷을 챙기는 걸 잊어서 팔뚝에는 소름이 돋고 손끝과 손날은 저려

온다. 기술이 시간에 개입하는 다른 방법도 있으면 좋을 것이다. 이동 시간을 단축시키기만 하는 방향 말고. 가령 시간 차 에어컨 같은 거. 여름과 겨울을 잇는 열전도 튜브를 만드는 거다. 에어컨 가동으로 생긴 여름의 후끈한 공기를 실외기로 내뿜지 않고 튜브를 통해 다가올 미래의 겨울로 보내는 거지. 여름의 열기로 난방이 되는 겨울의 열차를 탄다면 시간 여행을 하는 기분일 것이다.

겨울의 긴 열차를 탄 적이 있다. 재옥과 함께였다. 블라디보스토크에서 이르쿠츠크까지 우리는 나흘을 갔다. 시베리아 횡단 열차가 다니는 노선의 절반에 해당하는 구간이었다. 남은 절반의 구간, 이르쿠츠크에서 모스크바까지의 이동에 대해 나는 방금 새로운 사실을 알게 된다. "아침 8시에 이르쿠츠크에서 출발하면 정확히 같은 시간, 그러니까 같은 날 오전 8시에 모스크바에 도착한다." 올가 토카르추크의 『방랑자들』에 나오는 구절이다. 책은 무릎에 놓여 있다. "기내에서는 쉼 없이 흐르고 있지만, 그 바깥으로는 절대 흘러가지 않는 시간."[†] 창밖을 본다. 곧게 뻗은 비행운이 하늘을 사선으로 가른다. 새마을 깃발이 펄럭인다. 세 마리의 새가 어디로 날아간다. 여행 일기 파일을 열어본다. 겨울 열차의 메모를 여름 열차에서 읽는다. 많은 역을 지났다. 흰 벌판. 흰 자작나무. 아르하라. 벨로고르스크. 예로페이 파블로비치. 아마자르. 모고차. 슬류잔카. 이국의 모든 낯선 지명을 발음하며 인간의 혀는 아름다워진다,라고 나는 썼다. 탄 김에 모스크바까지 가야 하는 건데. 재옥은 내내 아쉬워했지. 통로 건너에 앉아 있던 어린 남매가 예로페이 파블로비치 역에서 내려 마중 나온 할아버지와 만나는 장면을 차창 너머로 지켜보았다. 말이 통하지 않는 우리에게 때때로 눈웃음을 짓던 시골 여자는 털모자 위에 제 몸보다 더 큰 짐을 얹고 슬류잔카 역에서 내렸다. 왜관. 약목. 황간. 심천. 낯선 이름의 작은 역들은 이 선로에도 많다. 옆자리에 앉았던 노인은 조금 전 약목에서 내렸다. 냥목에서 내려야 하는데. 알려주셔야 해. 꼭이야. 냥목이 어딜까. 밀양에서 열차에 오른 노인은 내릴 곳을 놓칠까 봐 노심초사하며 승무원에게 두 번, 내게 두 번, 다짐을 받았지만 막상 약목역이 가까워지자 먼저 아는 눈짓을 하며 자두 한 알을 건넸다. 열차는 심천을 그대로 통과한다. 심천의 한자는 深川이다. 서울과 부산 사이를 16분 만에 주파하는 열차가 일상화되면 심천 같은 작은 역은 그야말로 심심산천이 되겠지. 비둘기호와 통일호가 사라졌듯 무궁화호도 역사 속으로 사라진다면 이런 작은 역에는 아예 열차가 서지 않을 것이다. 김초엽의 소설 「우리가 빛의 속도로 갈 수 없다면」에는 성간 이동에 관한 이야기가 나온다. 웜 홀을 이용한 혁신적인 항법이 개발되자 예전 항법으로 갈 수 있었던 별과의 교통이 막혀 소설의 주인공은 가족과 영원히 만날 수 없게 되어버린다. 충분히 멀지 않은 별은 웜 홀을 통해 갈 수 없다. 너무 멀지 않아서. 까마득히 멀어져버리는 역설.

우리가 탄 시베리아 횡단 열차는 오전 11시에 블라디보스토크에서 출발했다. 그러나 열차표에 적힌 출발 시각은 새벽 4시. 유라시아 대륙의 동쪽 끝에 자리한 블라디보스토크와 서쪽에 바싹 붙은 모스크바의 시차는 일곱 시간이고 열차는 모스크바 시간을 기준으로 운행되었기 때문이다. 시간을 잘못 계산한 건 아닐까 싶어 탑승을 마칠 때까지 마음을 놓지 못했다. 출발 시각이 출발지를 기준으로 적혀야지 타는 사람 불편하게 왜 최종 도착지 기준인가. 모스크바가 우리의 일정에 포함되어 있지 않은 까닭에 한층 더 불만이었고 이것도 구소련 시절의 잔재인가 맹랑한 의심을 품기도 했다.

창밖의 풍경을 사흘쯤 지켜보았을 때야 드넓은 대륙을 가로지르며 차근차근 다른 시간대를 통과하는 열차가 왜 한 장소의 시간만을 기준으로 출발과 도착을 표시할 수밖에 없는지 이해됐다. 남중고도가 낮은 겨울의 태양은 내내 창밖에 머물며 힘없는 포물선으로 하루치의 경로를 지났다. 지구의 자전을 거슬러 서쪽으로 열차가 이동하니 그만큼씩 해는 늦게 뜨고 늦게 지고. 하루의 낮과 밤도 그만큼씩 늦게 오고 늦게 가고. 이 미묘한 변화에 반응하는 생체 시계에 열차의 시간을 맞출 수는 없겠지. 그리니치천문대를 기준으로 분할된 시간이나 모스크바 시간이나 인위적이기는 매한가지니 하나의 기준에 붙박아두는 것이 혼란을 줄이는 방법이었을 것이다. 고정점을 가정하지 않으면 시계는 가지 않는다. 고정점은 어딨나. 열차는 떠난다. 지구는 돈다. 시간은 간다.

창밖을 본다.

녹슨 철로의 붉은빛. 흔들리는 전깃줄의 그림자. 침목 아래 돌들이, 뚜렷한 돌들이 1년 동안 받는 햇빛의 총량 같은 것. 이글거리는 것. 뜨거운 것. 바깥의 현재 기온은 36도다. 객차 안은 춥다. 조치원을 지난 이 열차가 서울과 파주를 지나 신의주를 지나 계속 북쪽으로 내달릴 수 있다면. 여름을 지나 겨울로 들어설 수 있다면. 다시 한번 겨울의 대륙을 횡단할 기회가 생긴다면. 가방에 손을 넣어본다. 가방에는 空冊이 있다. 끝없이 이어지는 흰 벌판과 흰 숲이 창밖에 있어 나는 空冊을 끝까지 읽게 될지도 모르는데. 다 읽은 空冊은 열차에 두고 내려도 좋을 텐데. 슬류잔카나 이르쿠츠크의 눈 더미 속에 묻어두어도 좋을 것이다.

이르쿠츠크는 듣던 대로 눈의 도시였다. 차도와 보도가 구분되지 않았다. 정강이까지 올라오는 털 부츠를 신었는데도 거리를 걷다 보면 부츠 속으로 눈이 들어와 어느새 발이 축축해졌다. 시계탑에 표시된 기온은 영하 23도. 차갑지만 바람은 없었고 공기는 맑았다. 정직하게 살갗부터 얼었다. 얼굴에 살얼음이 끼고 속눈썹과 콧속에 서리가 달라붙는 느낌. 묘하게도 뼛속으로 한기가 스미지는 않았다. 눈의 여왕이 다스리는 나라에서 마법에 걸리면 이런 상태가 되는 걸까. 빙판 아래 여전히 흘러가는 물처럼. 쨍하게 얼어붙은 살갗 아래서도 심장은 여전히 뛰고 혈관 속에는 따뜻한 피가 흐르겠지……

이상하지 않아? 환전소를 찾아 시내를 돌아다니다가 재옥은 입을 열었다. 눈은 대체 언제 내리는 거야? 흰 입김이 뭉게뭉게 솟았고 그제야 나도 생각이 미쳤다. 어디랄 것 없이 이렇게 눈이 깊은데. 흰 거리를 쏘다니면서도 설원을 지나온 열차 안에서도 눈이 내리는 걸 보지는 못했다. 쌓인 눈만 있을 뿐 내리는 눈은 없었다. 침구를 깐 의자에서 옹색하게 자고 일어나 차창의 작은 커튼을 젖히면 어떤 짐승의 발에도 밟히지 않은 순결한 눈이 벌판을 덮고 있었다. 갓 내린 눈을 이고 있는 농가의 지붕을 가깝게 스쳐 가기도 했다. 간발의 차이였다. 눈이 우리의 눈을 일부러 피해서 오기라도 했던 걸까. 수줍고 또 짓궂은 눈의 정령.

승선과 승차의 욕망 때문에 나는 여행을 떠나고 싶었던 게 아닌가 하는 생각이 든다. 차체의 덜컹거림 속에서 책을 읽다가 꾸벅꾸벅 졸다가 비몽사몽 머릿속을 떠다니는 장면을 보려고. 음악을 들으며 혹은 낯선 이들의 대화를 들으며 흘러가는 창밖을 멍하니 보려고. “응. 힘들긴 한데……” 뒷자리의 여자는 통화를 하고 있는 것 같다. “그래도 지금이 더 좋아.” 오래된 동네의 뒷모습이 창밖으로 멀어진다. “다들 마스크 하니까. 아무도 안 쳐다보잖아.” 그 말이 나로 하여금 여자를 쳐다보고 싶게 만든다. 연예인인가. 아니면 얼굴에 흉터 같은 게 있나. 그렇지 않아도 편한 게 없지는 않지. 마스크를 일상적으로 사용하고부터는 얼굴에 뭘 잘 바르지도 않고 틴트가 들어간 제품은 아예 쓴 적이 없다. 온라인 수업도 회의도 적응이 되니 할 만하다. 이런 일상은 그대로 굳어지는 건가. 먼 데로의 여행은 까마득한 옛일처럼 느껴진다. 비행기나 열차를 오래 타야 하면 무조건 설렜는데. 도시에 머물 땐 아무거나 타고 아무 데나 갔다. 베네치아에서는 종일 수상 버스를 타고 운하에 흐르는 물을 보았지. 하노이에서는 이 종점에서 저 종점으로 버스를 네 번 갈아타며 도시를 구경했는데, 베트남어를 들을 줄도 읽을 줄도 몰랐으니 어디를 다녔던 건지는 지금도 알지 못한다.

이 열차는 서울을 지나 블라디보스토크와 이르쿠츠크를 지나 유라시아 대륙의 북서쪽 끝까지 대륙을 횡단한 다음 다리를 건널 수도 있을 것이다. 북대서양 다리와 북태평양 다리가 생긴다면. 그린란드를 지나 아메리카 대륙을 지나 알래스카의 끝에서 다시 시베리아로 돌아오는 북반구 순환 철로가 만들어진다면. 空冊을 편다. 잘 써라. 나중에 보고해. 출발하는 열차 앞에서 재옥이 내게 空冊을 건넨 것이라면. 가령 재옥과 내가 순환 철도

회사에 나란히 입사한 동료라면. 나는 승무원이 되어 지구를 돌고 재옥은 역무원이 되어 서울에 머문다면. 서쪽으로 도는 열차 안에서 나의 하루는 야금야금 길어지겠지. 한 바퀴 순환을 마치면 서울에 그대로 있던 너보다 나는 꼭 하루만큼 느린 시간을 살게 될 것이다. 날짜변경선에 따라 인위적으로 시계를 조정하지 않는다면 너의 오늘은 나의 내일. 나의 오늘은 너의 어제. 나는 空册을 쓴다. 다시 한 바퀴 돌면 너와 나는 마주 보고 있어도 이틀만큼 떨어져 있는 사이. 너는 空册을 읽는다. 또 한 바퀴, 또 한 바퀴, 그렇게 365번을 돌고 나면 우리는 다른 해를 살아가게 될 것이다. 주기적으로 만나 손을 잡으면서도 점점 멀어지고 있을 것이다. 하루에서 이틀로. 1년에서 2년으로. 벌어지고 있는 시간이. 너와 나 사이에 놓인 시간이. 접힌 주름과 같은 시간이. 空册에 한 장 한 장 쌓여갈 것이다.

창밖을 본다. 해가 지고 있다.

내 자리의 창밖은 동쪽이다. 통로 건너편 서쪽 창밖의 햇빛이 수평에 가까운 각도로 들어와 동쪽 창밖의 아파트 단지를 환하게 비춘다. 석양을 받는 고층 건물을 보고 있으면 이차원의 나라 플랫랜드Flatland에 들어선 느낌이 든다. 건물 정면은 밝고 따뜻한 오렌지색에 물들어 있고 빛을 반사하는 유리창들은 눈부신데 측면은 그늘에 깊이 잠겨 잘 보이지 않는다. 땅거미가 지는 하늘에는 먹색이 섞여 있다. 공간감이 사라진다. 다른 평택을 지난 것 같다. 다른 수원을 지나 다른 서울로 향하는 것 같다.

9 밤의 소리

창밖을 본다. 심야 버스를 타고 있다.

구름에 달이 간다. 흰 차선이 바퀴 밑으로 밀려든다. 시야는 넓고 높다. 나는 맨 앞자리에 앉아 있다. 버스는 만원이다. 조용하고 따뜻하다. 뒷자리에서는 고른 숨소리가 들린다. 발은 알맞게 익어간다. 낙원이라는 게 있다면 겨울의 심야 버스 같겠지. 그리웠구나, 이 느낌. 심야 버스에 오른 게 몇 년 만이더라. 일주일에 한 번 새벽 버스를 타고 서울에 올라가 심야 버스를 타고 집에 돌아오던 시절이 있었다. 가끔은 재옥의 집에서 하루를 묵었다. 재옥의 수건으로 감은 머리를 말린 다음 재옥의 깨끗한 옷을 빌려 입고 약속 장소에 나갔다. 재옥이 끓여놓은 콩나물국을 먹고 어질러진 재옥의 방을 주섬주섬 치우기도 했다. 그 방의 창가엔 블라인드 틈새로 들어온 햇빛. 그 방의 창밖엔 길고양이의 밥그릇. 버스의 오른쪽 창밖으론 잔상을 따라 불빛의 띠가 길게 흘러간다. 강의 밤 물결과 어슴푸레한 스카이라인이 이어진다. *따라서입니다*…… 운전 기사가 볼륨을 낮춰 틀어놓은 라디오의 소리는 들릴 듯 말 듯하다. ……*천년의 콩팥 세월에*…… 콩팥 세월? 아마 나는 무슨 단어를 잘못 들은 걸 텐데. 뭘까. *신청하신 노래는*…… *밤의 놀이터에서*……

낙원이라는 게 있다면 겨울의 심야 버스 같겠지. 심야 버스에 몸을 싣고 자주 그런 생각을 했었으니 그 밤의 고속도로 위에서도 나는 낙원을 떠올리고 있었을 것이다. 따뜻하고 어둡고 서먹한 세계. 잠들어 있는 낯선 동행들. 실내등을 끈 버스에는 느슨한 적막이 흐르고. 차창 밖으로는 불빛과 달빛이 흐르고. 나는 외투를 벗어 목 아래까지 덮은 다음 의자 등받이의 각도를 조절했을 것이다. 이어폰을 귓속에 넣었을 것이다. 스르르 눈이 감겼을 것이다. 음악은 꿀처럼 귓속으로 눈 속으로 흘러들고. 무거워진 머리는 왼쪽으로 오른쪽으로 춤을 추고. 겨울밤은 길다. 끝이 나지 않는다. 끝나지 않는 버스, 내릴 수 없는 버스라면 좋을 텐데. 이대로 영원할 수 있다면 집에 가지 않아도 좋을 텐데. 나의 삶이란 건 애초부터 없었으니까. 삶과 나는 나란히 있을 뿐 한 몸은 아니니까. 삶과 나는 샴쌍둥이, 하나의 심장을 같이 써야 해서 우리는 불편하기 짝이 없구나……

불현듯 정적이 도드라졌고. 나는 눈을 떴을 것이다. 음악의 끝. 무음이라는 소음. 그 소음 너머에 소리가 있었다. 대각선 방향이었다. 뒤의 뒤. 혹은 뒤의 뒤의 뒤에서 여자가 울고 있었다. 아니다. 여자와 울음이 나란히 앉아 있었다. 울음의 입을 막은 여자의 손가락 사이로 숨죽인 흐느낌이 속수무책으로 새어 나오고 있었다. 억제하려고 애쓰지만 들썩이는 횡격막을 어쩌지 못하는 소리. 잠든 이들과 잠든 척하는 이들의 고요 속에서 한 사람의 세계가 무너져 내리는 소리. 실내등을 끈 버스는 컴컴하고 더웠다. 땀이 찬 손바닥은 끈끈했고 머릿속은 탁했다. 뒤에는 여자와 울음이 나란히 앉아 있었고. 나는 무거운 가방과 나란히 앉아 있었다. 가방은 입을 벌리고 있었다. 창에는 서리가 맺혀 있었다. 집게손가락으로 달팽이를 그렸다. 새끼손가락으로 달팽이를 죽였다. 울고 싶은 울음이 있고 울고 싶지 않은 울음이 있지. 울고 싶은 울음은 환한 아침으로 통하고 울고 싶지 않은 울음은 습한 밤을 이어간다. 사람이 정말 흙으로 빚어진 것이라면. 울고 싶은 울음에 의해 쨍쨍한 테라코타terra cotta가 될 텐데. 울고 싶지 않은 울음에 의해서는 눅진한 진흙 덩어리가 될 테고…… 대시보드의 시계를 보았다. 버스는 밤의 내리막을 달리고 있었다. 낙원으로부터 가파르게 멀어지고 있었다.

창밖을 본다.

낙원으로부터 멀어진 밤의 버스는 소실점의 것. 소실점에 속하지 않을 방법은 없다. 소실점으로부터의 터널. 소실점으로부터의 과속 금지. 소실점으로부터의 졸음 쉼터. 소실점으로부터의 추돌 주의. 소실점으로부터 흰 선과 파란 선이 걷잡을 수 없이 쏟아져 나온다. 승용차 두 대가 연달아 속도를 높여 소실점으로 빨려든다. Vanishing point. 사라짐으로서의 점은 사라지지 않고 사라짐을 발생시킨다. 점으로부터 사물이 사라진다. 점으로부터 사물이 발생한다. 소실점은 소실점인 동시에 발생점이다. 주먹 속으로 사라지는 동전처럼. 모자 속에서 튀어나오는 비둘기처럼. 기억 속의 흐느낌처럼. 없게 된다는 것. 또 있게 된다는 것. 밤의 도로에서. 밤의 놀이터에서. 밤의 골목에서.

'왜 밤은 밤이고 왜 낮은 낮이며 왜 시간은 시간인가.' 나는 이 물음을 오랫동안 햄릿의 독백으로 기억하고 있었는데 내 기억이 부정확하다는 것을 얼마 전에 알았다. 그래도 동어반복의 물음은 버스 안에서 내내 머릿속을 맴돈다. 왜 밤은 밤이고 왜 낮은 낮이며 왜 시간은 시간인가. 왜 밤은 밤이고 왜 밤은 밤에 닿으며 왜 밤은 밤을 돌아보게 하는가. 밤의 도로를. 밤의 놀이터를. 밤의 골목을.

그 밤의 골목은 어두웠다. 가로등이 망가져 있었던가 아직 켜지기 전이었던가. 가게에 다녀오는 길이었다. 청소차가 막 쓰레기를 싣고 지나갔고 늘 지나치는 옆 건물의 지층 창문에서 불빛이 흘러나왔다. 그 방에 불이 켜진 것을 본 건 처음이었다. 불빛에 커튼의 체크무늬가 비쳤다. 방범틀 안쪽의 유리창은 반쯤 열려 있었다. 커튼 너머에서는 종이가 구겨지고 있었다. 그랬을 것이다. 그건 종이가 구겨지는 소리라고밖에 할 수 없었으니까. 곧이어 다른 소리가 섞였다. 또한 종이 소리였다. 잘게 종이를 찢는 소리. 가위로 종이를 자르는 소리. 접은 종이 사이에 커터를 밀어 넣어 두 쪽으로 가르는 소리. 종이가 만들어낼 수 있는 온갖 소리로만 가득한 방. 사람의 소리는 종이의 소리에 섞이지 않았다. 방의 주인, 한 번도 마주친 적 없는 나의 이웃은 무엇을 하고 있었던 것일까. 두부와 양파와 맥주가 든 분홍색 종량제 봉투를 들고 누군가를 기다리는 척 문자를 주고받는 척 나는 전봇대에 등을 대고 서서 그 소리들을 훔쳤다. 동네 고양이와 눈이 마주쳤다. 취객이 비틀비틀 지나갔다. 하늘에는 화성이 위풍당

당하게 빛나고 있었다. 과연 지옥을 응시하는 붉은 별다웠다.

그 밤의 머릿속은 종이로 가득했다. 신문지. 전단지. 메모지. 달력. 신용카드 영수증. 서류 봉투. 읽다 만 책. 책 옆의 空冊. 空冊을 폈다. 비단 찢는 소리에 무한 쾌감을 느꼈다는 중국 미인의 이야기가 떠올랐다. 비단 찢는 일만 하는 시녀를 곁에 따로 두고 있었다던가 어쨌다던가. 그 비단처럼 空冊을 쓰면 어떨까 하는 생각을 잠깐 했다. 잘 써라. 나중에 보고해. 재옥은 그렇게 말했다. 空冊을 잘게 찢는 소리를 녹음해 들려주어도 좋겠지. 소리로서의 空冊. 밤의 소리가 된 空冊.

종이 소리가 들렸던 그 방은 얼마 후 대대적인 리모델링 공사를 거쳐 디자인 스튜디오 사무실로 개조되었다. 사라진 방의 창문. 지금은 그 창문을 가리고 있던 커튼 틈으로 언뜻 중국 미인의 얼굴을 본 듯한 착각이 든다. 피부는 희고 투명하다. 곱슬머리와 눈썹은 숱이 적다. 동그란 얼굴엔 낮은 코와 가는 눈매, 입술 선은 희미하고 눈두덩엔 살이 없으며 이마는 널따랗고 납작하다. 종잇장처럼 얇은 얼굴. 찢어질 것처럼 위태로운 얼굴. 파안대소. 얼굴이 찢어질 것처럼 크게 웃기. 언젠가 그 얼굴과 지하철을 함께 탔을 것이다. 맞은편 자리에서 무표정으로 눈물과 콧물을 흘리고 있었지. 오래오래 흘리며 소매 끝으로 닦아내고 있었지. 손잡이가 달린 가로대에는 빨래처럼 신문이 걸려 있었고. 신문은 흔들거렸고. 미인의 등 뒤 차창 밖으로는 선유도공원의 나무들과 먼 데의 고층 건물들이 흘러갔지. 나는 가방 속에 티슈를 가지고 있었지만 친절을 베풀지는 않았다. 무의지적인 눈물, 무의지적인 흐느낌, 무의지적인 기억, 그런 것들을 사람의 몫이라 할 수는 없었다.

창밖을 본다.

산 너머 하늘엔 어렴풋한 청색의 기운이 감돈다. 아직은 새벽이랄 수 없는 빛깔. 버스는 소실점의 인력으로부터 벗어나 톨게이트로 들어서고 있다. 앞서가던 트럭이 속도를 늦춘다. 트럭의 짐칸엔 철창이 실려 있는데. 철창 안에서 무엇이 움직이는데. 움직이는 것은 여섯 마리. 나는 미간에 힘을 준다. 아니면 일곱 마리. 움직이는 것은…… 개들이다. 개들은 일곱 마리. 창밖은 어둡다. 아니면 여덟 마리. 개들은 살아 있다. 개들은 춥다. 살아 있는 개들의 트럭은 IC를 빠져나가 어딘가로 멀어지고 있다.

10 은미네

이 길은 지도에 있다. 해안 도로에서 첫번째 샛길. 십자로가 나오면 왼쪽으로 간다. 모퉁이를 돌아 5분쯤 직진하면 마을 회관이 나오고 부흥상회가 나오고 문 닫은 쌀집 옆에 벽돌 담장과 파란 대문. 머릿속에 새겨두었으니 맞을 것이다. 대문 앞에서 전화를 하라고 했는데. 휴대전화는 전원이 나갔다. 배터리가 닳은 건 아니니 바지춤에 넣어 체온으로 녹이면 다시 켜질 것이다. 고물이 된 전화기는 추위에 약하다. 걸핏하면 먹통이 된다. 버스 안에서 마지막으로 지도 앱을 확인했을 때 내 위치는 목적지에서 멀지 않았다. 어림잡아 한 정류장. 나는 한 정류장을 더 가 버스에서 내렸다. 두 정류장일 수도 있지만 한 정류장이든 두 정류장이든 내려서 걷다가 나오는 첫번째 샛길. 머릿속에 새겨두었으니 맞을 것이다. 해는 먼 능선

쪽 낮은 하늘에 걸려 있다. 곧 어스름이 내릴 것이다. 전화기는 아직이다.

이 길은 지도에 있었는데. 해안 도로에서 첫번째 샛길. 십자로까지 이렇게 멀었던가. 마른 논이 지루하게 이어진다. 하얀 마시멜로가 규칙적인 간격으로 놓여 있다. 마시멜로의 정식 명칭은 곤포 사일리지Bale Silage. 따로 부르는 이름이 있다는 것을 얼마 전에야 알았다. 겨울 논을 지날 때마다 느꼈던 답답함을 비로소 풀게 되었지만 도무지 입에는 붙지 않는 이름. 그런 말과 사물이 있다. 사물을 가리키는 말이되 사물에 달라붙지 못하고 겉도는 말. 흰 비닐에 둥글게 감겨 있는 저 볏짚 더미들은 추수 후의 풍경으로서 친숙하지만 곤포 사일리지라는 말은 근엄하고 생경하고 또 장황하기까지 하다. 외부자의 주관적 감각일 뿐일까. 농사를 짓지 않으니까. 볏짚을 다뤄본 적이 없으니까. 그저 이렇게 논길을 걸으면서. 아니면 버스나 기차에 올라 차창 밖에 눈을 두고서. 먼발치에서 바라나 보니까 마시멜로라 계속 부르고 싶은 걸까. 휴대전화를 꺼내본다. 전원은 아직이다. 석양을 반사하는 전깃줄이 은색의 곡선을 그리고 있다. 얼마나 시간이 지났는지 모르겠다. 얼마나 걸었는지도 짐작이 가지 않는다. 해는 더 이상 기울지 않고 낮은 하늘에 그대로 걸려 있다. 고도를 유지하며 수평 이동을 하는 것처럼 보인다. 버스로 분명 해안 도로를 달렸는데. 경로를 여러 번 머릿속에 새겨두었는데. 엉뚱한 정류장에서 내려 엉뚱한 길을 헤매고 있는 건지도 모른다. 논에 부려진 마시멜로라도 세면서 걸음을 옮길 걸 그랬나. 신발 속에 이물질이 돌아다닌다. 양말 위 살갗에는 풀독이 올라 있다. 풀들은 다 시들었는데. 죽은 풀의 독. 죽은 풀의 두드러기. 불편하다. 가렵다. 신발을 털고 발목을 긁는다. 손톱에 살비듬이 낀다. 뒤늦게나마 마시멜로를 세어본다. 구름을 세듯. 잠 못 이루는 밤에 양을 세듯. 그럼 그렇지. 마시멜로는 하나가 모자란다. 바람에 머리카락이 날린다. 어수선한 머리를 하나로 묶으며 이 풍경을 이해한다. 하나가 모자라기 때문이다, 십자로가 나오지 않는 것은. 나는 길을 잃은 것이 아니다. 이 길은 지도에 있다. 해안 도로에서 첫번째 샛길.

십자로 대신 가건물이 보인다. 눈을 가늘게 떠본다. 가건물은 생뚱맞은 살구색이다. 어지간히도 주변과 어울리지 않아 억지를 부리는 것처럼 보인다. 살구색이라면 어쩔 수 없지, 나는 소리를 내서 생각을 한다. 살구의 살구색. 살구의 살구향. 살구의 살구즙. 살구라는 살구의 발음. 살구의 부분들은 살구로부터 떼어낼 수 없으니까. 고개를 들어 하늘을 본다. 창백하다. 하늘색은 하늘로부터 소외되어 있다. 고개를 숙여 패딩의 지퍼를 채운다. 패딩 안에는 아이보리색의 니트 스웨터. 아이보리색의 아이보리를 나는 본 적이 없다. 다시 눈을 가늘게 뜨고 가건물을 본다. 하늘색은 하늘로부터 아이보리색은 아이보리로부터 멀어졌지만 살구색만은 마땅히 살구에 속해야 하니까. 살구를 벗어날 수는 없으니까. 손차양을 만들어 햇빛을 가린다. 아니다, 그게 다는 아니다. 살구색은 홍학색 연어색 멍게색과 한통속이다. 동물성에 오염되어 있다. 나는 잡히지 않는 생각을 하려고 한다. 살구는 하나가 모자라는 것이다. 색깔과 이름이, 맛과 향이, 껍질과 과육이, 촉감과 식감이, 하나가 모자라 입안에서 겉돈다.

살구의 부분들은 살구로부터 떼어낼 수 없지만 살구라는 종합에 이르지 못한다. 하나가 모자라서. 마시멜로처럼 하나가 모자라서. 내 발은 어느새 논두렁을 타 넘고 마시멜로 사이를 지나 살구색 가건물을 향하고 있다. 입간판에 적힌 글자가 보인다. 은미네. 나는 허벅지에 손가락 글씨를 쓴다. 은미네. 손바닥으로 글자를 지운다. 발목을 긁는다. 손톱을 살핀다. 한 번 더 손가락으로 쓰고, 손바닥으로 지우고, 배꼽에 힘을 준다. 은미네,를 지운 손으로 은미네 문을 당긴다. 경첩이 삐걱거린다.

가건물 안은 부옇고 탁하다. 커다란 창문으로 길게 누운 사선의 빛이 든다. 떠다니는 먼지들이 보인다. 해는 크고 붉다. 해를 본뜬 해의 모형처럼 낮은 하늘에 그대로 걸려 있다. 창밖은 배추밭이다. 수확하지 않은 배추들이 열을 맞춰 찬 공기를 견디고 있다. 김장철은 지났는데. 배추는 월동이 되나. 두세 포기씩 뽑아서 식당용으로 쓰는 걸까. 마른 논과 마시멜로들은 다 어디 갔을까. 하나만 모자란 게 아니라 한꺼번에 모자란 거였나.

식탁 위에는 의자들이 벌을 서듯 뒤집힌 채 올려져 있다. 문에는 영업 중이라는 팻말이 붙어 있었는데. 벽에 붙은 차림표에는 섭국, 미역국, 오삼불고기 같은 것이 적혀 있다. 피로와 허기가 함께 밀려온다. 마른 입에 마른 입술. 입술에 각질이 인다. 뜯어내자 피가 난다. 혀에 피 맛이 돈다. 차림표 아래의 선반에는 텔레비전이 놓여 있다. 불룩한 브라운관 앞에 미닫이 나무 문이 달려 있고 다이얼로 채널을 돌리는 구식 텔레비전이다. 머리에는 브이자 모양의 안테나가 솟아 있다. 언제였더라. 대여섯 살 무렵이었지 아마. 이렇게 생긴 텔레비전이 옆집인가 앞집에 있었다. 그날은 휴일이었고 텔레비전에서는 축구 경기가 나오고 있었다. 동네 어른 몇이 모여 앉아 탄식을 하다가 손뼉을 치다가 했고 동네 아이들도 그 집에 모여서 놀고 있었는데. 우리 저 유리 떼어내자. 누가 브라운관을 가리키며 속닥거렸다. 유리를 떼고 테두리를 넘으면 축구장으로 바로 갈 수 있잖아. 나는 솔깃했었지. 맞아. 테두리 저쪽으로 발을 넣고 등을 굽혀 머리를 들이밀면 바로 관중석에 앉아 응원을 할 수 있을 텐데. 어른들은 왜 안 그러는 걸까.

선반에 놓인 텔레비전에서는 어떤 화가에 대한 다큐멘터리가 나오고 있다. 소리를 죽여놓은 건지 망가진 건지 내레이터의 목소리는 들리지 않는다. 이런 골동품이 아직도 작동한다니 놀랍군. 프로그램에서 소개되는 그림은 죄다 바다를 담은 풍경화다. 갖가지 물 주름이 펼쳐진다. 빛이 부서진다. 바람이 닿는다. 어떤 물 주름은 굵은 사선을 그으며 오른쪽 모서리로 사라진다. 어떤 물 주름은 해안으로부터 수평선까지 고르게 출렁인다. 어떤 물 주름은 이쪽으로 조용히 밀려온다. 삶이 바다라는 듯. 하루하루가 하나하나씩의 물 주름이라는 듯. 물 주름의 마루와 골이 이루는 수면의 무늬가 일상의 반복으로 형성된 삶의 리듬을 보여준다는 듯. 반복은 중독적이다. 단조로움으로 인하여 중독적이다. 중독은 의지를 박탈한다. 생동하는 리듬이라기보다는 차라리 죽어 있음의 리듬. 죽어 있음의 상태로 지속되고자 하는 삶의 리듬. 엔트로피 제로. 벗어날 수 없음. 헤어날 수 없음. 이덕무의 소품

문에 그런 말이 있었을 것이다. 바다 물결을 그린 그림들을 펼쳐놓고 있노라면 물고기 비늘이 일제히 움직이는 것도 같고 갈고리 같은 흰 손들이 뭔가를 낚아채려는 것도 같아서 울렁증이 인다고. 그래서 그림들을 치워버렸다고. 피하는 사람이 있고 빠져드는 사람이 있다. 빠져든 사람이구나, 저 화가는. 주름에 미쳤구나. 영속성에 사로잡혔구나. 물귀신에 홀렸구나. 소복 차림에 머리를 풀어헤친 사다코가 브라운관을 뚫고 이쪽으로 기어 나와도 이상하지 않을 것 같다. 그림 속의 물 주름이 프레임을 넘쳐 바닥으로 흘러내릴 것 같다. 물 주름의 화면에 부엌의 소리가 덧입혀진다. 수도꼭지에서 물이 쏟아진다. 개수대의 그릇들이 달그락거린다. 다부진 식칼이 도마를 두드린다. 냄비가 보글보글 끓는다. 키득거리며 말을 섞는 두 사람의 목소리가 들린다. 목소리는 낮고 말은 빨라 알아듣기가 어렵다. 은미, 은미, 이야기 속에 간간이 섞이는 은미라는 이름만 도드라진다. 고개를 기웃거려보지만 내가 있는 위치에서는 부엌 안쪽이 보이지 않는다. 애가 탄다. 나는 은미를 알고 있는 것 같다. 오늘은 은미의 생일이다. 참기름 냄새가 번진다. 미역국을 먹어야만 한다.

"서비스예요."

목소리에 깜짝 놀라 고개를 든다. 누가 창가에 서 있다. 크고 붉은 해를 등지고. 역광을 받는 검은 실루엣으로서. 나는 당황한다. 은미다. 은미일 것이다. 은미는 주먹을 내민다. 주먹을 편다. 귤이다. 은미가 내민 것은 귤이다. 나는 은미에게 다가간다. 창가의 은미와 마주 선다. 은미는 웃고 있다. 가지런한 치아를 싹 드러내고. 잇몸과 입술은 감추고. 입꼬리만 귀에 걸려 얼굴이 반으로 갈라질 것처럼 위태롭다. 그러므로 은미를 건드려서는 안 된다. 말을 붙여서도 안 된다. 나는 발목을 긁는다. 팔뚝과 이마도 긁는다. 해안 도로에서 첫번째 샛길. 십자로까지는 아직인데. 풀독이 다 퍼진 것처럼 온몸이 가렵다. 살비듬과 피딱지가 손톱에 낀 더러운 손가락 두 개로 나는 은미의 손바닥에 놓인 동그란 것을 조심스레 집어 든다. 허락 없이 콘센트에 꽂아두었던 충전기도 서둘러 챙긴다.

이 길은 지도에 있다. 해안 도로에서 첫번째 샛길. 현재 위치에서 십자로까지는 40미터. 목적지까지는 125미터. 해는 크고 붉다. 나의 그림자는 길고 우스꽝스럽다. 주머니에 불룩하게 든 것을 꺼내본다. 은미가 귤을 건넸다고 생각했는데, 살구였나. 손바닥에는 살구가 놓여 있다. 살구는 어디서 난 걸까. 이 계절에. 춥다. 겨울이다. 양쪽 엄지를 꼭지 부분에 대고 살구를 반으로 쪼개본다. 씨와 과육이 상쾌하게 분리된다. 이것은 살구의 살구감. 살구의 살구색. 살구의 살구향. 살구라는 살구의 발음. 은미는 웃고 있었지. 서비스예요. 하나가 모자란다는 듯이. 십자로까지는 20미터. 여전히 하나가 모자란다. 휴대전화의 전원이 켜졌는데. 이 길은 지도에 있는데. 여전히 하나가 모자라서. 이 살구를 먹지 않으면 나는 십자로에 닿을 수 없을 것만 같다. 이 살구를 먹으면 까맣게 은미를 잊게 될 것 같다.

11 liquid winter

바다를 본다.

창밖의 바다. 창밖의 바다라고 하지 않을 수 없는 바다. 바다는 깊고 푸르다. 새벽의 색일 것이다. 하늘도 깊고 푸르지만 바다보다는 밝은색. 수평선 아래, 아직은 한참 아래 해가 잠겨 있을 것이다.

이 그림을 안다. 갤러리의 벽에 걸린 걸 본 적이 있다. 그 전시회에는 바다 그림이 많았다.[†] 하늘과 바다에 깃든 한낮의 색. 땅거미의 색. 만월의 색. 모래사장과 물거품의 색. 수평선이 화면들을 간결하게 분할하고 있었다. 물 주름이 표현된 명백한 바다 풍경이었지만 몇 걸음 떨어져서 보면 마크 로스코나 바넷 뉴먼 같은 이들의 추상화처럼 보이기도 했다. 검은 테 안에 가둔 것만으로도 바다는 이토록 다른 세계가 되고 풍경화 속의 풍경은 기하학과 추상의 세계로 육박하는구나. 세상의 색을 탐구하고 추출해 캔버스에 옮기다 보면 자연스레 구상과 추상을 넘나드는 걸지도 모르지만 그림을 그려본 적 없는 관람자로서의 내가 구상과 추상의 세계에 동시 접속된 것은 그때가 처음이었다. 매직 아이 앞에 선 것 같았다. 눈꺼풀은 두 겹이 된 듯했다. 한 겹을 젖히면 바다가 보였고 다른 한 겹을 젖히면 색과 면이 보였다. 흥미로운 착시의 경험이었다. 나는 다른 착시 속에 있고 싶기도 했다. 갤러리의 흰 벽을 따라 걸으며 각각 다른 색에 물든 바다 풍경을 한꺼번에 둘러보는 것도 좋았지만. 딱 하나만. 하나의 바다만 걸린 작은 방에 조용히 머물러보고 싶었다. 액자는 나무랄 데 없는 창틀이 되어줄 것이다. 창밖에 바다를 둔 기분일 것이다.

지금 나는 그 방에 와 있다. 하나의 바다만 걸린 작은 방.

"원래는 이모가 저한테 선물로 준 건데. 두번째 손님

이 다녀간 후에 이 방으로 옮겨 왔어요."

내가 물끄러미 그림을 보고 있자 재옥의 조카 은미가 옆에 와서 섰다.

"그 손님이 어메니티도 엉망이고 바다 뷰도 아니라서 실망스러웠다며 이용 후기를 남겼거든요. 해변으로 위치가 찍혀서 바다가 보일 줄 알았다나."

은미는 재옥이 할머니와 지내던 본가를 에어비앤비에 등록했다. 큰방이 하나, 작은방이 둘, 다섯번째 손님인 나는 재옥이 쓰던 작은방에 짐을 풀었다. 집은 경사 지대에 자리 잡고 있어서 대문 쪽에서 보면 마당이 딸린 ㄱ자형 개량 한옥인데 뒤편으로 돌아가서 보면 밑에 한 층이 더 있다. 거기서 재옥의 언니가 칼국숫집을 한다. 낡은 집이라 세를 내놔도 나가지 않고. 할머니 물건도 재옥이 물건도 아직은 손을 못 대겠고. 어쩌나 싶었는데 우리 딸이 자기가 관리를 하겠다며 숙소 등록을 해보자더라고. 언니와 전화 통화를 한 후 나는 사이트에 들어가 예약을 했다.

"꼭 호텔 투숙객처럼 불평하는 손님들이 있다니까요.

어메니티에 바다 뷰는 무슨. 개조한 가정집인 거 알고 온 거면서. 빈정이 상하긴 했는데. 그래? 그럼 가짜 창을 하나 달아주마. 그러고서 그 그림 있죠, 창밖에 뭉게구름이 흐르고 창틀 밑에 이젤 다리인가 삼각대인가 붙여놓은. 그걸 구해볼까 하다가 그럴 거 뭐 있나. 원래 이모 방이었으니 이모 손을 탄 그림을 걸면 되지 싶어 이 그림을 가져왔죠."

나는 고개를 끄덕였다. 은미가 말한 건 아마 마그리트의 그림일 것이다. 창과 액자를 의도적으로 중첩시킨 마그리드의 작업 앞에서는 사실 착시에 사로잡히기는 어렵지. 착시 효과를 활용한 아이디어가 오히려 착시의 경험을 차단한다. 은미는 나에게 열쇠를 건네고 반투명 유리를 끼운 진짜 창문을 열었다. 골목 맞은편의 상가 건물이 보였다.

"바다는 저 너머에 있어요."

바다를 본다.

바닷소리가 나는 바다. 바다 냄새가 나는 바닷가의 바다. 바다는 잿빛이다. 흐릿한 안개에 덮여 있다. 하늘은 무겁지만 비가 오는 건 아닌데. 머리카락이 젖는 것도 아닌데. 공중의 미세한 물 입자가 살갗에 닿는 느낌이다. 어쩐지 따끔하다. 소리가 나는 것 같다. 안개가 사물들에 닿는 소리랄까. 안개에 닿은 사물들이 젖는 소리랄까. 아니면 기체로서의 임계점에 있는 H_2O의 소리.

그 갤러리에 들어가보자고 말을 꺼낸 건 재옥이었다. 지나가는 길에 포스터를 보았고 충동적으로 문을 밀고 들어갔을 따름이지만 우리는 제법 오랜 시간을 그곳에 머물렀다. 나는 각기 다른 빛에 물든 작은 크기의 바다 그림들을 둘러보는 것이 좋았는데 바닷가에서 나고 자란 재옥은 벽 하나를 통째로 차지하고 있던 커다란 그림 앞에 오래 서 있었다. 거대하고 잔잔하면서도 가까운 바다. 시야를 교란하는 이상한 바다. 맨눈으로는 바다를 이렇게 볼 수 없어. 재옥은 한 걸음 뒤로 물러났다가 다시 제자리로 와 말했다. 잔잔한 바다는 멀어야 해. 수평선이 가까울 수는 없지. 바다는 험한 채로만 가까워질 수 있어.

파도가 높거나 해일이 일 때. 그런데 이 바다는 고요한 채로 너무 가까워. 이상해. 해안의 맑고 얕은 물로부터. 수평선 쪽의 깊고 푸른 물까지. 하늘까지. 이렇게 가깝다니. 전시실은 넓었지만 멀찍이 뒤로 물러서서는 또 볼 수 없게끔 발을 끌어당기는 바다. 그 바다는 맨눈으로 바라보는 바다가 아니었고. 떠다닐 수 있는 바다도 빠질 수 있는 바다도 아니었고. 지금의 이 바다에는 부표가 둥둥 떠다니고 흐릿한 안개가 움직인다. 어스름이 깔린다. 수평선을 따라 노란 불빛들이 불규칙한 간격으로 떠서 완만한 곡선을 이어간다. 폭죽 소리가 들린다. 편의점 유리 벽에 붙은 종이엔 폭죽 있음. 방파제 담장의 알림판엔 폭죽을 터뜨리지 마세요. 아래쪽엔 테트라포드들이 널브러져 있다. 저런 기묘한 형태의 구조물로 파도의 에너지를 상쇄시키겠다는 아이디어는 누구 머리에서 나온 걸까. 어느 바다에서나 쉽게 볼 수 있지만 언제 봐도 괴이하다. 거대하고 간결하고 정교하고 기하학적으로 완벽한 덩어리들이 자연 속에 함부로 던져져 초록색 물이끼에 덮이고 있다. 자연과 추상과 초월과 인위가 뒤섞인. 삼위일체를 넘어선 사위일체.

헵타포드는 테드 창의 소설에 나오는 외계 생명체다. 그리스어로 '헵타'는 일곱, '포드'는 다리, 다리가 일곱 개라는 뜻이다. 테트라포드의 '테트라'는 넷, '포드'는 역시 다리, 중심에서 같은 간격을 두고 뻗어나간 다리가 네 개. 헵타포드처럼 테트라포드도 고도로 문명이 발달한 은하계에서 온 생명체인 건 아닐까. 뭘 하는 걸까. 열등한 문명의 멸망을 조용히 지켜보고 있나. 재옥이 눈을 떼지 못했던 그 바다 그림은 테트라포드의 시선을 담은 것이었나.

지구에 착륙한 헵타포드들은 그저 머물고 바라본다. 묻는 말에 가능한 방식으로 답하고 원하는 것을 내주되 지구인에게 무언가를 요구하지는 않는다. 침략도 무역도 계몽도 그들이 지구에 온 목적이 아니다. 목적 같은 건 없다. 그들의 행동에는 의도가 없다. 그들의 언어에는 정해진 어순이 없다. 선형적 흐름으로 이어지지도 표음문자의 방식으로 기록되지도 않는다. 시간의 형식 속에 조건

지워지지 않은 지각 체계. 시작과 끝이 따로 없는 총체적 형상으로서의 문자.

17세기의 신비주의자 스베덴보리는 천사들의 말과 글이 그렇다고 했다. 천사의 언어에는 접속사가 없다. 천사의 말은 생각과 동시에 흘러나온다. 천사는 한꺼번에 떠오른 생각을 한꺼번에 말할 수 있다. 사람이라면 몇 년이 걸려도 다 표현할 수 없는 것을 한순간에 표현할 수 있고 그 한순간 안에서 원인과 결과는 동시적이다. 쓰기와 읽기도 선후 관계가 없다. 읽음과 동시에 책은 씌어지고 모든 책은 빈 채로 꽉 차 있다. 그러므로 모든 책은 空冊으로서의 책.

재옥이 건넨 空冊은 애초부터 내가 어찌해볼 수 있는 것이 아니었는지도 모른다. 空冊은 가방에 있다. 나의 가방에 있지만. 空冊은 헵타포드의 것. 아니면 테트라포드의 것. 아니면 천사의 것.

숙소가 된 집 안 곳곳에는 할머니의 것으로 보이는 오래된 가구와 물건 들이 남아 있다. 나전칠기 장롱과 문

갑, 금성 트랜지스터라디오, 싱거 발재봉틀, 마루의 벽에는 커다란 괘종시계와 조롱박이 걸려 있고 은색 경첩이 달린 나무 궤짝 위에는 도자기로 만든 시계 인형이 놓여 있다. 재옥의 물건들도 눈에 띈다. 원뿔 모양의 갓을 씌운 탁상 램프와 산세비에리아 받침대가 된 의자는 재옥이 아끼던 것이다. 장롱 한쪽 구석에는 재옥이 10년 넘게 즐겨 입던 야상 재킷이 걸려 있다. 재킷을 입어본다. 옷은 나에게도 잘 맞는다. 우리는 키가 비슷했으니까. 달라고 할까. 주머니에는 구겨진 영수증이 있다. 와와식당. 4천 원. 와와식당은 횡성, 구미, 시흥, 울산에 있다. 영수증의 푸른 글씨는 가맹점 이름과 가격만 겨우 보이고 주소는 지워져서 보이지 않는다. 4천 원짜리 무엇을 먹으러 재옥은 어디에 갔었나.

책꽂이에 꽂힌 『잔느 모로의 블라우스』는 내가 선물한 책이다. 재밌어. 올해 읽은 책 중 최고. 재옥의 집에서 가끔 신세를 지던 무렵이었다. 책을 읽은 후 재옥도 고개를 끄덕였다. 과연 재밌네. 그런데 좀 괴롭더라. 정갈한 방에 파리 몇 마리가 윙윙거리는 걸 그냥 두고 방문을 닫

아버린 기분이야. 내 눈에는 안 보인 것이 책을 만들던 재옥의 눈에는 보였다. 챙겨두고 싶은 구절도 많고, 디자인과 조판도 훌륭한데, 오탈자가 너무 많아. 재옥은 이마를 찌푸렸다. 만듦새에는 이렇게 공을 들이고 교정은 보다 말았나. 나는 열없이 페이지를 넘겨보았다. 내 실수는 아니었지만 어쩐지 내가 질책을 당하는 기분이기도 했다. 스무 개도 넘을 거야. 정확히는 몰라. 연필도 포스트잇도 없어서 표시를 해두지 못했거든. 오탈자 몇 개를 나도 못 본 건 아니었지만 그러려니 넘겼다. 재옥은 그러려니 넘겨보려 했는데 도저히 그럴 수 없을 것 같다고 했지. 다시 읽어야 해. 다시 보면서 하나하나 다 잡아내지 않으면 머릿속의 파리들이 계속 윙윙거릴 거야.

책꽂이에서 그 책을 꺼내 펼쳐본다. 파란 바탕에 은박으로 제목을 입힌 하드커버. 잔느 모로의 블라우스는 파란색 실크 블라우스다. 다시 읽었군. 재옥은 다시 읽었다. 연필로 동그라미를 친 부분은 열일곱 군데. 스무 개보다는 적다. 나는 다 훑어본다. 다 열어본다. 다 꺼내보고 다 펼쳐본다. 이래도 되나. 손님들의 숙소가 된 집이고 오늘은 내가 빌렸으니 안 될 것도 없겠지만 재옥의 세계에 함부로 침입한 것 같은 마음을 지울 수는 없다. 지울 수 없으면서도 손은 자꾸 손잡이로, 물건으로 향한다. 자물쇠가 걸려 있던 다락에는 포개놓은 야구 모자 다섯 개와 종이 박스가 있다. 앨범과 엽서, 휴대전화, 이어폰, 미러리스 카메라, 원목 액자에 담긴 앞니 빠진 김재옥 어린이의 사진. 그리고 손을 타지 않은 공책이 서른네 권. 손을 탄 공책이 한 권. 백 권의 나머지는 누구누구에게로 흩어졌나. 손을 탄 공책을 편다. 나는 이 공책에 적힌 것들을 어떻게 읽어야 하는지 모른다. 헝클어진 선. 지운 선. 물결선과 격자들. 얼굴이 되다 만 얼굴. 올라설 수 없는 사다리. 알아볼 수 있는 것은 몇 문장뿐이고 그마저도 요령부득이다. 내게는 잘 쓰라더니. 잘 쓰고서 보고하라더니. 너는 함부로 썼구나.

일기는 발효를 시켜야 한다.

translated sea

번역되어 넘치는 바다

주목할 만한 동일 사건들의 선집 발췌본

흙 필요한 분

메마른 풀에 메마른 팔다리에

liquid winter

liquid winter. 기억난다. 재옥은 제주 어디에 있다는 액체 묘원 이야기를 해준 적이 있다. 흥미로운 메일을 받았다고 했다. 운영자 이름이 헬레나라고 했던가. 영어 메일이라서 제대로 읽은 건지는 모르겠는데. 자칭 생화학자. 학계에서 쫓겨남. 해삼의 유전자인가를 활용해서 시신을 물로 만드는 약을 발명했는데 그 물약의 이름이 리퀴드 윈터라는 것이었다. 액상 겨울의 상태로 죽음을 보존하는 거지. 액상 겨울이라. 나는 음악을 하는 친구 A의 노래를 떠올렸고. 그래서 묘원을 조성했대. 유골함 대신 유액병이 묘원의 안치소 선반에 즐비하대. 사고를 당한 어린이의 물. 치매를 오래 앓은 할머니의 물. 형체를 알아보기 어려운 피살자의 물. 로드킬 당한 고양이의 물. 색은 조금씩 다르고. 창문으로 햇빛이 들면 반짝반짝 빛난다더라. 물이. 가루보다는 물이 조금 더 어울리는 것 같습니다. 친애하는 죽음에는. 말하자면 장의사가 보낸 광고 메일인 건데. 황당한데도 어쩐지 숙연한 느낌이 드는 거 있지. 나는 쓸데없이 냉담했을 것이다. 장의사는 개뻘. 그 헬레나라는 사람, 실패한 생화학자가 아니라 실패한 작가인가 보네. 누구라도 읽어주길 바라며 메일 뿌리는 거 아냐? 나의 반응에 재옥의 얼굴은 흐려졌던가. 설마 그 메일 내용을 진짜로 믿었을 리는 없을 텐데. 리퀴드 윈터는 재옥이 헬레나라는 가명으로 쓰려던 소설의 시놉시스 같은 거였을까.

잠이 온다. 자고 싶다.

→ 좋은 상태

잠이 온다. 자고 싶지 않다.

→ 나쁜 상태

잠이 오지 않는다. 자고 싶다.

→ 아주 나쁜 상태

잠이 오지 않는다. 자고 싶지 않다.

→ ?

공책에 적힌 재옥의 메모 중 내가 온전하게 알아볼 수 있는 건 한 군데뿐이다. 그래. 나에게도 잠이 오지 않고 자고 싶지도 않은 '?'와 같은 새벽이 몇 번쯤 있었다. 그런 새벽은 잠과 밤을 잊고 즐겁게 놀다가 어느새 시간이 이렇게 지났나 어리둥절해하며 맞는 새벽이 아니다. 그런 새벽에 잠은 의식의 시야에 있되 저쪽 구석에 가만히 웅크리고 있다. 있다. 분명히 있다. 있지만 잠은 오지 않는다. 잠은 움직이지 않는다. 잠은 잠을 자고 있다. 자고 있는 잠을 깨우지 않으려고 나는 조용히 숨을 쉬고 살금살금 움직인다. 잠이 잠에서 깨어나 나를 엄습할까 봐 불안하다. 이런 불안함은 아주아주 나쁜 상태일까. 아주 좋은 상태일까. 지금은 어떤 새벽일까.

바다를 본다.

창밖의 바다. 창밖의 바다라고 하지 않을 수 없는 바다. 바다와 하늘은 새벽의 색에 물들어 있다. 건물들이 가리고 있는 진짜 바다도 지금은 저런 빛을 띠고 있을지 모른다. 휴대전화가 알려주는 시각은 4시 5분. 나무 궤짝 위의 시계 인형은 30분이 느리다. 바늘을 돌려 시간을 맞출까 하다가 그만둔다.

인형은 실크해트에 연미복을 입고 있다. 으스대는 포즈로 재킷을 뒤로 젖히고 허리에 손을 얹은 자세다. 젖힌 재킷 속 불룩한 배에 시계판이 달려 있고 배꼽을 중심으로 바늘이 움직인다. 초침 소리가 크다. 트림이라도 하는 것 같군. 이 시계를 만든 사람은 시간이 먹히고 소화되고 배설되는 것이라고 생각한 걸까. 흐르는 시간이 아니라. 내장을 통과하는 시간. 느려진 30분은 인형이 삼킨 30분. 그렇다면 나는 시간의 걸신 크로노스와 마주하고 있는 셈이다. 제 자식을 삼킨 티탄족 신 크로노스와 시간의 신 크로노스는 이름만 같을 뿐 다른 신이라고도 하지만 이 인형은 두 크로노스를 정확히 겹친 하나의 크로노스. 크로노스라고 하면 아무래도 프란시스 고야가 묘사한 모습이 떠오른다. 고야의 크로노스는 역겹고 끔찍한 형상이지만 그 와중에도 야만의 위엄이랄까 숭고하고 웅장한 아우라가 있다. 이 시계 인형 크로노스는 탐욕스럽고 교활한 19세기 부르주아의 형상이다. 명색이 인형인데 귀엽지도 않다. 표정은 묘하게 얄팍하고 상스럽다. 눈가에는 웃음이 고여 있다. 입술은 작고 도톰하며 피를 칠한 듯 붉다. 시간을 오물거리는 것 같다. 초침 소리는 크다.

잘 썼어?

재옥이 묻는다.

아니.

空冊은 가방에 있다.

쌓이기만 했어.

空冊은 가방에 있다.

만년설 같은 페이지였어.

나는 눈을 감고 있다.

줘봐.

재옥은 내 옆에 앉아 있다.

아니.

空冊은 무릎 위에 있다.

은각사에 두고 왔어.

나는 눈을 감고 있다.

하나가 모자랐어.

눈꺼풀이 떨리고 있다.

얼룩이 졌어.

눈 속에 얼룩이 떠다닌다.

셀 수가 없었어.

새들이 지저귄다.

새들이 지저귄다.

창밖을 본다. 동이 트고 있다.

새들은 정확하다. 왁자한 새소리가 들리자 대기엔 이렇게 정확히 푸른빛이 감돈다. 동트는 빛이 새들을 깨우는 건가. 새소리에 맞춰 동이 트는 건가. 운동복을 입고. 작업복을 입고. 골목엔 하루를 시작하는 사람들. 하루의 운행을 시작하는 차량들.

나는 다른 하루 속에 있다. 감은 눈 속으로 잠은 오지 않았고 잠 없이는 하루와 하루 사이에 금이 그어지지 않는다. 달력의 날짜가 바뀌고 밤이 물러가도 하루는 끝나지 않고 하루는 시작되지 않는다. 그럴 때 하루와 하루를 가르는 것은 창문이다. 창밖엔 오늘이 시작되고 나는 어제를 이어가고 있다. 나의 오늘은 계속되는데 창밖엔 내일이 흐르고 있다. 나는 창가에 서 있고 재옥은 침대 맡에 앉아 있다. 가만히 앉아 나의 空冊을 읽고 있다. 씌어지지 못한 나의 空冊을. 어제의 재옥은 처음부터 끝까지 읽고 있다.

작가의 말

책상에는 공책이 한 권 있다. 가로 135, 세로 215, 두께 14밀리미터. 표지와 내지는 모두 깨끗한 백색.

원고를 마무리한 후 제본 업체를 찾아 공책을 만들었다. 재옥을 따라 아무런 문구도 괘선도 넣지 않았다. 재옥을 따라 문켄지와 PUR풀을 썼고 재옥을 따라 수량을 백 권으로 했다. 한 권은 나의 것. 나의 것은 책상 위에 있다. 책상 밑에는 아흔여섯 권. 아직 박스에 담겨 있다. 당신의 손에도 한 권을 건넬 수 있으면 좋겠다.

공책을 갖고 싶었다. 공백으로 이루어진 책. 책으로서의 空冊. 써야 할 것이 써지지 않을 때면 막연히 空冊을 상상하곤 했다. 머릿속으로 오래 굴리다 보니 실물로서 손에 쥐고 싶은 마음도 조금씩 커졌다. 그러려면 뭐부터 해야 할까. 흐릿한 궁리를 하다가 지난겨울 간명한 답에 닿았다. 일단 쓰자. 공책으로 시작하는 글을. 창밖으로 첫눈이 내리던 날이었다.

창밖을 본다.

다시 겨울이 오고 있다. 마른 잎들이 우수수 떨어진다. 창문 모서리엔 이슬이 맺혀 있고 나는 손에 공책을 쥐고 있다. 쓸어보고 넘겨본다. 손때를 잘 묻히겠다고 마음먹었지만 아직은 새것이라 조심스럽다. 굳이 공책으로 시작하는 글을 쓰지 않았더라도 공책을 못 만들 이유는 없었을 것이다. 그럼에도 글을 경유해야 했다. 모종의 의례랄까 절차랄까. 나는 앞장서 글을 끌어가기보다는 글에 끌려가는 축에 속한다. 글 속의 공책에 끌려가면서야 흩어져 있던 문장들을 모을 수 있었고 글 속의 재옥을 흉내 내는 방식으로 공책을 만들 수 있었다. 따라 하기 위해. 뒤를 밟기 위해. 썼다.

창밖을 본다.

날이 추워지면 새들은 한결 분주해진다. 텃새들은 나무에서 나무로 바쁘게 움직이고 철새들은 먼 하늘에 대열을 지어 날아간다. 창밖을 보고 있으면 영원히 한곳에 머물고 싶어진다. 창밖을 보고 있으면 또 하염없이 이동하고 싶어진다. 머무는 자리의 창밖으로는 시간이 흐른다. 이동하는 차량의 창밖으로는 풍경이 흐른다. 흐른다고 할 수 없는 것이. 창밖에는 흐르고 나의 손에는 空冊이 있다. 空冊을 편다. 읽을 수 없는 것을 읽는다. 그것이 재옥의 이야기여도 좋고 어딘가에서 창밖을 보고 있는 당신의 마음이어도 좋을 것이다.

2021년 초겨울

신해욱

미주

1 空册

† 김수영, 「눈」, 『김수영 전집 1』, 민음사, 1981, p. 97을 변용.

‡ 시몬 베유, 『중력과 은총』, 윤진 옮김, 이제이북스, 2008, p. 90을 변용.

4 남쪽 창

† 김승일, 「유리해변」, 『여기까지 인용하세요』, 문학과지성사, 2019.

‡ 송창식, 「고래사냥」, 1994.

5 헬멧을 쓴다

† 호르헤 루이스 보르헤스, 「바벨의 도서관」(이남호, 『보르헤스 만나러 가는 길』, 민음사, 1994, p. 225).

6 우먼센스

† MFBTY, 「Angel」, 2014.

7 북쪽 창

† 볼테르, 「미크로메가스」, 『미크로메가스: 캉디드 혹은 낙관주의』, 이병애 옮김, 문학동네, 2010, p. 15.

‡ 헤르타 뮐러, 『저지대』, 김인순 옮김, 문학동네, 2010, p. 23을 변용.

8 북행 열차

† 올가 토카르추크, 『방랑자들』, 최성은 옮김, 민음사, 2019, p. 342.

11 liquid winter

† 김보희 개인전 〈TOWARDS〉(2020).